Le Maître de l'Océan

DU MÊME AUTEUR

Femmes de dictateur, Perrin, 2011.
Femmes de dictateur 2, Perrin, 2012.
Corpus equi, Perrin, 2013.
La Chair interdite, Albin Michel, 2014.
L'homme idéal existe. Il est québécois, Albin Michel, 2015.
Lady Scarface, Perrin-Plon, 2016.
Les Indésirables, Flammarion, 2017.
La meilleure façon de marcher est celle du flamant rose, Flammarion, 2018.
La Dictatrice, Flammarion, 2020.

Diane Ducret

Le Maître de l'Océan

roman

Flammarion

ISBN : 978-2-0802-4558-8

« L'eau est la force motrice de toute la nature. »

Léonard de Vinci

Les savants de chez vous disent qu'à l'origine il n'y avait sur Terre qu'une vaste étendue d'eau appelée océan Primitif. L'eau formait alors une sphère parfaite que rien ne venait troubler. Puis il y eut les continents, les plaines et les volcans. Les lacs, les rivières et les champs. De l'océan Primitif, quelque chose naquit. Il y eut des animaux sauvages, les hommes et leurs villages, et bientôt tout ou presque sur Terre fut recouvert.

Depuis cette montagne, à plus de mille mètres d'altitude, seuls les sommets verdoyants des monts Wudang séparent le ciel de la terre. La roche nous domine, dans toute sa splendeur. N'est-il pas amusant de penser que nous sommes pourtant assis au milieu de cet océan ? Fermez les yeux un instant et tendez l'oreille, vous l'entendrez. Inspirez profondément, vous sentirez son sel. Regardez à présent l'horizon, et il apparaîtra.

Quelle lubie s'est donc emparée de ce vieux fou, qui sur les hauteurs du pays du Milieu, entouré de pierres battues par la mousson, se pense au milieu de l'océan ? Est-ce donc pour l'entendre ainsi divaguer que je suis venue de si loin, voilà ce que vous devez penser ! Vous vous moquez sans doute de ce vieillard qui, ayant pris racine dans la terre de Chine, vous parle de mers invisibles, quand tout ce que vous voudriez entendre, c'est une parole de sagesse à rapporter chez vous comme un souvenir, la formule magique pour une vie heureuse.

Je ne peux vous blâmer. Bien des Occidentaux arrivant ici posent sur moi le même regard que vous. Ils portent en eux le poids de tant de questions dont ils voudraient être soulagés, et s'impatientent de ne pas trouver dans l'instant les réponses qu'ils sont venus chercher. On n'entreprend pas un si grand voyage si l'on n'a pas au fond de soi une énigme à percer. Mais la plupart d'entre eux ne veulent pas réellement m'écouter, ils veulent être confortés dans leurs certitudes. Et vous, qu'êtes-vous venue chercher ?

Vos cheveux blonds et vos yeux clairs cachent mal les sombres nuées, comme autant d'interrogations qui nichent dans votre tête. Ici, nous disons que vous ne pouvez pas empêcher les oiseaux du malheur de voler au-dessus de vous, mais vous pouvez les empêcher de faire leur nid dans vos cheveux.

Avez-vous déjà regardé la mer ? Vous êtes-vous confrontée à ses flots ? Imaginez la sagesse accumulée par l'océan depuis les millions d'années qu'il nous observe. Et si je vous disais maintenant que l'océan Primitif recèle un secret, la clef de voûte qui lie toutes vos questions ?

Je ne peux vous la révéler si facilement, l'océan ne parle qu'à ceux qui savent se taire. Et cela n'est guère le point fort des fils de l'Occident. Il reste muet face à l'homme de passage, celui qui ne lui prouve pas sa fidélité. Mais celui qui a su l'écouter et déchiffrer son langage est libéré de la cause de sa souffrance. Celui auquel il confie son secret devient sage.

Comment le sais-je ? Lorsque je suis arrivé sur le mont Sacré, j'avais comme vous le besoin indicible de comprendre, l'envie de toucher du doigt quelque chose de plus grand que ce que la vie m'offrait. Ma famille nourrissait une grande défiance envers les livres, je ne savais pas lire et jamais je n'avais ouvert un atlas quand je fus intégré comme disciple au sein du temple. Jamais alors je n'aurais pensé en devenir le Maître.

Il est contraire à ma culture de parler de soi, de se mettre en avant. Nous ne cultivons point la vanité. Mais tout homme doit, à un moment de sa vie, faire le récit de ce qui lui est arrivé, afin de savoir qui il est. Et si mon exemple peut éclairer votre chemin, alors mon existence n'aura pas été vaine.

Je suis né l'année du Cheval, le jour de la fête des lanternes, la deuxième année du soixante-dix-huitième cycle sexagésimal, dans la province de Hubei. Mon pays était encore, hélas, un des plus pauvres du monde. Nous ne manquions pas de courage aux champs, mais la guerre venait moissonner chaque génération qui poussait, et rendait à la Terre les hommes à peine nés.

Assise sur une charrette tirée par mon grand-père, tenant mon oncle d'à peine deux ans dans les bras, ma grand-mère avait ressenti les premières douleurs de l'enfantement, tandis qu'ils traversaient un pont suspendu aux planches de bois vermoulu, cherchant à fuir les combats de la guerre civile, et le village qui avait été pillé puis bombardé. Mon grand-père, qui travaillait le bois, était sage de ses mains, mais dépourvu de connaissances médicales élémentaires. Il avait arrêté sa charrette au beau milieu du pont, craquelant sous le poids de l'exode, et avait cherché parmi la foule une sage-femme qui pourrait l'aider, tandis que ma grand-mère se retenait de crier. Lorsqu'il était revenu, il l'avait trouvée inanimée, avec, posée sur son ventre, ma mère, les yeux encore fermés.

La sage-femme n'avait pu que constater le décès ; le cœur de la pauvresse, déjà épuisé, n'avait pas supporté l'accouchement. Elle coupa le cordon qui reliait la vie et la mort, et déposa l'enfant dans les bras de mon grand-père, qui ne savait que faire.

Quelle double malédiction que cette naissance-là ! Elle lui avait pris son aimée, pour une fille qui, jusqu'à ses noces, coûterait plus qu'elle ne rapporterait à la famille. La nourriture et les morceaux les plus gras étant réservés aux garçons, mon oncle poussait gaillardement, tandis qu'on attendait que ma mère, aussi chétive que le vent, survive à son troisième anniversaire pour lui donner un nom. Alors on l'appela Yunhe, « nuages de paix ».

Sitôt qu'elle sut marcher, la famille de ma défunte grand-mère insista pour qu'on lui enserre les pieds dans des bandes de tissu, afin qu'ils conservent la dimension de ceux d'une poupée. Après avoir fait bouillir de l'eau, on trempa ses pieds dans un récipient où étaient mélangées des herbes médicinales. On plia ses orteils tout contre la plante de son pied, afin d'en réduire sa longueur et donner au pied la forme d'un bouton de lotus parfait, le lotus d'or. On plaça ensuite son petit pied de porcelaine dans une chaussure pointue que l'on rétrécissait chaque mois, pour que le pied en prenne la forme. Mon grand-père avait le cœur serré entendant l'enfant hurler, mais ne pouvait se soustraire à une tradition familiale symbolisant la richesse et la distinction. Les filles aux pieds bandés ne peuvent travailler qu'au sein de leur foyer, leur affliction les empêchant d'œuvrer aux champs. Plus le pied est petit, dans un soulier finement brodé, plus les chances de se marier à une famille fortunée sont grandes, avait-on dit à mon grand-père, car ce signe renvoie l'idée d'une femme honorable et chaste.

La guerre contre le Japon éclata alors que ma mère entrait dans sa dixième année. La vie, qui était dure, le fut plus encore. La nourriture manquait, les hommes partaient au front à mesure que les Japonais pénétraient dans nos terres. Lorsqu'ils menacèrent Hubei, mon oncle s'engagea pour défendre son pays, et mère, qui était destinée au mariage, dut prendre le chemin des champs.

Les plants et la terre humide qu'elle foulait imbibaient ses bandages sans qu'elle pût les faire sécher. D'atroces escarres la faisaient souffrir. Alors elle vola un outil dans l'atelier de menuiserie de mon grand-père et coupa ses bandes. Le lendemain, ses camarades travailleuses lui donnèrent le surnom de « Pieds libérés ». Quel événement ! Le village tout entier en parlait. Une jeune femme d'aujourd'hui ne peut comprendre ce que cela signifiait. Une femme aux pieds libérés peut aller où elle veut, quitter son foyer, voire son pays !

Cet acte de liberté, qui ferait d'elle aujourd'hui une héroïne, l'avait au contraire déclassée. Aucun homme ayant une situation permettant d'élever dignement une famille n'était venu demander sa main. Une femme libre faisait presque aussi peur aux hommes qu'un serpent.

La guerre était devenue mondiale, l'ennemi avait décidé de mettre en action la politique des Trois Tout : « tue tout, brûle tout, pille tout ». Les gaz toxiques asphyxiaient les soldats. Yunhe avait seize ans. Elle avait pris l'habitude de s'échapper, seule, dans la forêt pour s'extraire du quotidien. Elle rencontra sur le bord d'un chemin un garçon d'à peine dix-neuf ans qui faisait partie d'un bataillon engagé dans des actions de guérilla. Tandis que le monde autour d'elle n'était que peur, lui semblait rayonner. Au cœur de cette forêt, il souriait. Elle l'avait suivi jusqu'au milieu d'une clairière, dans une cabane dans laquelle il logeait.

Ils avaient ce soir-là dîné de riz froid, renonçant à allumer un feu pour ne pas être repérés. À la seule lumière des étoiles qui filtrait entre les planches de bois, il avait parlé longtemps. Il était prêt à se sacrifier au nom de la liberté, la mort pour lui n'était rien, car il avait avec lui la force indomptable du Tao. Il avait sorti de son baluchon un petit ouvrage à la reliure précieuse, le *Tao-to-king*, le *Livre de la voie de la vertu*, de Lao Tseu, qu'il lui tendit : « Ce livre a été écrit par notre maître à tous il y a deux mille cinq cents ans. Il fait depuis trembler tous les pouvoirs. Lis chaque page comme si elle parlait de toi. Prends bien soin de le cacher, ceux qui rêvent de liberté ont pour ennemi mortel la réalité. » Ils avaient discuté encore, bien après qu'ils n'avaient plus rien eu à se dire. Puis ils s'étaient tus.

Leur étreinte ne pouvait s'étendre au-delà du matin. Il devait reprendre la route, disparaître pour ne pas être pris. Le givre avait fait prisonniers les arbres autour de leur abri.

Il fallait qu'il parte. Alors Yunhe s'était saisie du couteau qu'il portait à la ceinture, et avait coupé les longs cheveux qui lui couvraient les reins. Elle avait pris les bottes du jeune combattant et les avait fourrées de sa dense chevelure afin que ses pieds ne subissent pas le gel.

Après son départ, ma mère était demeurée là un certain temps, le cœur battant, avant de faire route vers le village. Tandis que la neige fraîche étouffait ses pas, elle avait entendu un coup de feu. Elle s'était retenue de crier.

Quelques mois plus tard, lorsque son ventre s'était arrondi, elle était retournée dans la forêt jusqu'à la clairière, mais c'était comme si aucune cabane n'y avait jamais été dressée. Aucune trace ne subsistait, seulement quelques touffes d'herbe brûlée.

« J'aurais voulu garder avec lui ma jeunesse et mes émotions. Je n'attendais rien de lui, juste les choses futiles de la vie, son sourire, ses larmes, son bonheur. Mais la liberté avait besoin de lui, ailleurs », me disait-elle chaque fois que je la questionnais sur mon père. J'étais son seul enfant et son unique raison de vivre.

Nous habitions une pièce chez mon grand-père, qui peinait à cacher sa honte d'avoir une fille-mère à la maison. En lui le ressentiment avait grandi. C'était à cause d'elle qu'il avait perdu sa bien-aimée, c'était elle qui était restée tandis que son fils était parti à la guerre et n'était pas revenu. Le conflit enfin s'était éteint mais avait laissé une terre désolée et des ventres affamés. On disait que dans les rues les chiens dévoraient les corps, mais ce n'était pas vrai, les chiens avaient depuis longtemps été mangés par la population.

Ma mère me cachait tout cela. J'ai souvent eu faim durant mon enfance, mais ses bras comblaient tous les manques. D'une ossature frêle, les épaules tombantes, la taille fine, ses mains délicates aux doigts si fins n'étaient qu'harmonie dans chaque geste. Elle se mouvait avec une grâce et une souplesse extraordinaires. Ses bandes avaient laissé sur ses pieds des marques affreuses et la firent marcher les jambes arquées tout le reste de sa vie. Je la voyais partir pour les champs en claudiquant, ne comprenant que tardivement la raison de son affliction. Elle laissait ainsi derrière elle dans la neige des traces de pas si petites qu'on aurait dit celles d'une chèvre.

Chaque soir, pour m'endormir, elle me lisait une page du livre sacré, prenant soin de le cacher dans la paille de sa couche sitôt refermé. Car mon grand-père interdisait ce genre de lecture. Tout ce qui était qualifié de superstitieux ou d'antimarxiste était défendu. « La bouse de vache est plus utile que les dogmes, on peut en faire de l'engrais », disait-il aussitôt qu'il la surprenait en train de lire. Mon grand-père était un bon Chinois, et le Tao avait été interdit, les temples avaient été fermés ou brûlés. Les moines avaient émigré, ou étaient entrés dans l'illégalité. Seuls quelques-uns, en haut de la montagne Sacrée, résistaient.

Lorsque l'année du Dragon arriva, Yunhe tomba malade. Son teint de rose avait à présent la couleur de la cendre. Elle se mit à cracher du sang. Son pouls était aussi faible que le souffle d'un moineau. À son chevet, j'aurais voulu lui faire la lecture de pages du livre sacré pour la soulager, mais je ne savais pas lire. Alors ma mère, que la fièvre commençait à emporter, fit un songe. Elle vit apparaître, tout en haut d'une montagne, un sanctuaire d'or. À l'intérieur, derrière une porte rouge, se tenait une étendue d'eau infinie. La lumière y reflétait mille rayons descendant tout droit du ciel, et rien ne venait perturber sa tranquillité.

À son réveil, elle sourit avec une joie que je ne lui avais jamais vue. Son visage avait retrouvé les couleurs de la vie, sa vision l'avait guérie de son mal. « C'est si beau là-haut, mon fils, c'est si beau », me dit-elle en passant sa main sur ma joue encore lisse. Puis elle s'envola rejoindre les nuages en paix. Yunhe mourut alors que je n'avais pas encore treize ans.

Mon grand-père accepta de me garder, à condition que je travaille à ses côtés dans l'atelier de roues de charrettes. Le travail manuel ferait de moi un homme, espérait-il, et exorciserait les rêveries fantasques de liberté que ma mère avait semées en moi.

Mon piètre maniement des instruments de charpentier lui fit bien vite regretter son choix. Je souffrais hélas d'un manque patent d'habileté. Me chargeait-il de partir dans la forêt couper du bois, je restais des heures à choisir le plus parfait des arbres, à le regarder, le détailler, imaginant combien de roues y étaient contenues en puissance. Mon regard était happé par chaque écorce, dont la couleur et la disposition en faisaient une entité indépendante, unie dans un tout qu'elle rendait plus robuste, protégeant le cœur de l'arbre permettant aux branches de s'épanouir. Je me perdais dans les veinures de la sève, visible entre les craquelures du bois. Je devenais soudain la fourmi en pleine ascension du tronc, puis j'étais la feuille qui danse sous le vent. Comment la nature pouvait-elle nous donner à voir tant de force et de fragilité dans un seul être vivant ? Un arbre était à lui seul l'expression de la dualité des choses terrestres. Le tronc était le Yin, le foncé, l'obscur, la fraîcheur, la réceptivité, l'imperméabilité, l'immobilité. Les feuilles étaient le Yang, la luminosité, la fraîcheur, l'élan, le mouvement. L'idée d'en couper le moindre bout me rebutait.

Les heures s'écoulaient dans cette contemplation, le soleil poursuivait sa course. Je rentrais à l'atelier, sans le bois attendu.

À la vue de ma brouette vide, mon grand-père se mettait en colère. Ses mains m'agrippaient, me secouaient. Depuis la mort de Yunhe, je n'avais guère poussé. Je fermais les yeux et laissais pleuvoir les coups, tentant d'adopter le détachement de la feuille qui danse dans le vent. Le soir, il déposait au pied de ma paillasse un bol de riz, mais je n'avais pas faim, j'étais empli de colère et de sentiment d'injustice. Ce n'étaient point les coups qui endolorissaient mon âme, mais son regard exempt de regrets le lendemain. J'en voulais à ma naïveté qui me faisait chaque fois espérer. Pour un sourire, un regard nourricier posé sur moi, j'aurais tout pardonné.

Trois hivers passèrent ainsi dans ce climat délétère ou de maigre et renfermé je devins rachitique et emporté, vivant dans le souvenir de ma mère. Je m'endormais chaque soir en serrant le livre qu'elle m'avait laissé, ne sachant toujours pas déchiffrer le seul trésor que je possédais. Je pourrissais sur mes racines au lieu de pousser.

Un matin, je fus réveillé par les cris de mon grand-père. J'avais oublié de cacher la précieuse reliure avant de m'endormir. Puisque je voulais braver son autorité et verser dans la croyance et la superstition, alors je n'avais qu'à quitter sa maison et vivre parmi les illuminés qui pensent parler aux éléments et aux esprits. Il m'arracha le livre des mains et tourna les talons, me laissant écorché du plus irremplaçable de mes souvenirs.

Il rassembla mes affaires dans un linge, attela un âne et me dit de monter à ses côtés dans la charrette. Me jetant à ses pieds, j'implorai son pardon. S'il me chassait, qu'allait-il advenir de moi ? Il était ma seule famille, le seul être partageant le sang de ma mère.

L'âne tirait avec peine la charrette le long du sentier qui entamait l'ascension des monts Wudang. Le jour se levait alors qu'apparaissaient devant nous les soixante-douze pics qui plongeaient sur des gorges drapées de nuages, des vallées suspendues, des forêts dissimulant des chutes d'eau. Moi qui jamais n'étais sorti du village, où je n'avais connu que la maison familiale, je ne pouvais croire que le monde extérieur recelât de telles richesses. C'était comme si les quatre éléments s'étaient donné rendez-vous en un lieu afin de s'épouser.

Au bout de cinq heures fastidieuses, un édifice se dessina à travers les nuages pourpres. Les deux étages de tuiles vertes cambrées trônaient à travers la brume sur le pic de la montagne du Cheval blanc, à plus de mille mètres d'altitude. Deux statues de dragons en gardaient l'entrée. Dans la cour, semblable à une sculpture, se tenait une figure longiligne, immobile.

Il était là, figé dans cette posture à tout jamais, comme s'il nous attendait, le Maître céleste. Il fit un large geste de sa manche noire et s'assit en tailleur sans décoller ses pieds du sol, nous invitant à le rejoindre

La pluie ruisselait sur sa barbe grise striée de blanc, l'eau prisonnière de ce buisson d'argent semblait s'y dissoudre ou s'y évaporer. J'étais tellement fasciné par l'immobilité parfaite de cette barbe que j'en oubliais ma peur et mon chagrin.

Mon grand-père s'entretint avec le Maître céleste tandis que j'observais son visage ridé, captivé par le foisonnement de son bouc, telle la mousse qui recouvre l'écorce.

Le Maître céleste – la plus haute distinction chez les moines et maîtres d'arts martiaux taoïstes – balança sa tête de droite à gauche. J'allais avoir seize ans, je n'avais reçu aucune instruction, je ne connaissais aucun des classiques chinois ni n'avais pratiqué le moindre art martial, je n'étais point qualifié pour rejoindre les disciples du monastère.

Mon grand-père s'inclina devant le Maître, le suppliant de me prendre, narrant le décès de ma mère, la colère et la tristesse qui en moi grandissaient comme de mauvaises herbes.

Le Maître toucha son bouc, provoquant chez moi une sorte de sursaut. Il me dévisagea avec calme et détermination. Ses yeux sondaient mon être. Je ne sais ce qu'il vit, mais il me parla.

— Il y a près de deux mille cinq cents ans, le Grand Sage énonça les principes à observer pour mener une bonne vie. Sais-tu qui il est ?

N'osant soutenir son regard de peur qu'il n'y décèle mon inculture, je secouai la tête en rougissant, avant d'être traversé par le souvenir du livre de ma mère.

— Lao-tseu ! lui répondis-je fièrement.

— Et que sais-tu de ses principes ?

Mon enthousiasme fut vite rabroué. J'avais dormi sur ses préceptes, cachés dans ma paillasse, mais je n'avais guère su les déchiffrer. Je me sentais comme le bousier qui faisait rouler avec peine une boule de suif et de poussière de deux fois sa taille à travers la cour du temple.

— Il nous invite à ouvrir de plus grandes voies de compassion en soi et à communiquer avec sagesse avec toutes les formes de vie. À nous inspirer de l'harmonie du ciel et de la Terre pour atteindre l'équilibre parfait à l'intérieur de nous, ainsi que dans notre rapport au monde… À comprendre que les opposés, les contraires, ne peuvent exister seuls.

Tandis qu'il parlait, les feuilles dans les arbres, les lanternes de papier, tout semblait s'immobiliser pour l'écouter.

— Je ne comprends pas, dis-je, lui coupant la parole, comble de l'irrespect. Pourquoi les contraires ne peuvent-ils pas exister seuls ? Chaque chose n'existe-t-elle pas par elle-même ? La pierre sur laquelle vous êtes assis existe bien toute seule, n'est-ce pas ?

Mon grand-père leva la main pour corriger mon insolence, mais le Maître céleste l'arrêta.

— Crois-tu vraiment ? Regarde ces montagnes devant toi. Elles semblent faites de roche, mais elles sont traversées par leur opposé. L'eau fait son lit en leur sein, et des rivières coulent en leur milieu. Ainsi le solide et le liquide coexistent et font de ce lieu un temple d'harmonie. Dans tout ce qui vit, l'un entraîne la présence de l'autre. L'univers est ainsi fait que le jour et la nuit, le bonheur et le malheur, le positif et le négatif oscillent en permanence. Le bien ne peut être sans le mal.

— Non ! fis-je dans un élan de colère. Pourquoi le bien ne peut-il pas être par lui-même, puisqu'il est meilleur ? Pourquoi faudrait-il être frappé pour sentir la caresse ? Pourquoi faudrait-il que le malheur nous afflige pour avoir le droit d'être heureux ?

Tout mon être tremblait de mon audace.

— Moi, je n'ai du bien et du bonheur qu'un lointain souvenir, je ne ressens que le chagrin, continuai-je.

— La tristesse, même si elle semble infinie, contient en elle la joie. C'est parce que tu as connu cette dernière et qu'elle n'est plus que tu souffres. Ainsi le chagrin contient la joie, en souvenir, et en puissance, puisque si la joie s'est déjà manifestée, elle viendra à nouveau, sitôt que sa saison fleurira. Le mal est nécessaire pour qu'apparaisse le bien. Ils sont frères d'un même principe. Rien n'est jamais fait d'une seule teinte, d'une seule matière, comme nous le supposons, me dit le Maître avec douceur. Le secret du Tao que nous enseignons ici embrasse le bien et le mal en souhaitant non leur suppression, mais leur équilibre. Voilà ce qu'est l'harmonie, l'équilibre des forces opposées. Car si l'équilibre du positif et du négatif est rompu, l'homme en souffre dans son esprit, dans son cœur et dans son corps. Il perd la tête, se lamente et tombe malade.

Je ne savais pas ce qu'était le Tao mais n'osais le demander. Je réprimais avec toute ma force mes larmes, afin de ne pas me déshonorer. La tête me tournait d'essayer de comprendre ces concepts nouveaux qui volaient sous mon crâne comme des oiseaux tournoyant dans le ciel, rendus fous par la tempête.

— Maître, finis-je par balbutier. Je ne sais pas ce qu'est le Tao.

Je n'étais plus le coléoptère, mais la boule de suif et de poussière qu'un coup de vent poussait dans une direction, le cafard dans une autre. Le Maître prit une profonde inspiration. Sa poitrine se gonfla sous son vêtement noir, l'air qu'il expira sembla comme chargé d'une force invisible.

— Quelle est la première chose que tu as vue en arrivant au temple ? me demanda-t-il.

— Une tortue, dis-je timidement. Le toit vert incurvé m'a fait penser à une tortue retournée dont chaque tuile formait l'une des écailles. Cela m'a amusé.

Mon grand-père émit un grognement de réprobation, puis demanda au Maître céleste de pardonner ma bêtise : je n'étais qu'un enfant. Mains jointes dans son dos, le Maître se leva et marcha vers le jardin, me faisant signe de le suivre. Je tâchai de marcher dans ses pas pour ne pas laisser de traces.

— Il y a des milliers d'années, des disciples de l'harmonie ont élevé ici une série de sanctuaires dédiés aux éléments. Ces reliefs devinrent alors un lieu de prestige, où naquirent l'acupuncture, la médecine, la sagesse et la philosophie. On venait y étudier aussi la musique, la méditation ou les arts martiaux.

Il déploya ses bras immenses, fins et gracieux comme les pattes d'une grue, et les montagnes alentour semblaient sortir de ses manches.

— Fouler la terre du Wudang signifie se montrer digne de ce noble héritage, comprends-tu ? me lança-t-il.

J'opinai du chef, captivé par son histoire.

— Sais-tu pourquoi nous appelons ce lieu la montagne Sacrée ? poursuivit-il en contemplant la cime des arbres lointains. Wudang Shan signifie « la montagne du Véritable Guerrier ». Il y a plus de dix siècles vécut un combattant de légende qui se battit pour faire triompher les principes de l'harmonie sur le chaos du monde des hommes. Souviens-toi de son nom, il s'appelait Zhen Wu. Il naquit dans la famille royale du pays Sans désir. Sa mère fit une nuit un songe merveilleux : le soleil venait la visiter, et elle l'avalait. Au réveil, elle sentit ses entrailles rayonner, elle portait la vie. Après plus d'une année de grossesse, elle mit au monde un être au destin proche de celui des étoiles. À l'adolescence, Zhen Wu abandonna son droit au trône, à la richesse et à ses privilèges, pour se consacrer à l'ascèse et à l'étude du Tao sur cette montagne où nous nous trouvons. Vous êtes arrivés par la route, mais à l'époque il était difficile d'accéder à son sommet. D'épais fourrés de ronces protégeaient les monastères. Un corbeau aida le Véritable Guerrier dans son ascension. Chaque fois que le prince se perdait, le corbeau volait au-dessus de lui pour lui indiquer le chemin. Rien ne pouvait le retenir d'accomplir sa destinée. Arrivé au temple, il s'entraîna seul sans relâche aux arts martiaux et à la philosophie de l'harmonie. Refusant d'attacher ses cheveux longs en chignon, il marchait pieds nus, épée à la main, et portait une armure de métal noble sous ses vêtements ornés de dragons. L'impératrice vint un jour sur la montagne afin de tenter de raisonner son fils et de le ramener au palais : Zhen Wu sortit son épée et la planta de toutes ses forces dans le sol, lequel se fissura entre sa mère et lui, créant une rivière, « la rivière à l'épée », qui depuis sépare les temples du sommet et les villages de la vallée. Zhen Wu était plus puissant, plus respecté qu'un roi. Aucun être humain n'aurait pu le faire trembler. Il s'entraîna ainsi, dans la solitude des sommets, durant quarante-deux ans. Un jour, l'empereur de Jade, la divinité suprême, voulut tester ses capacités morales. Tandis que Zhen Wu était en train de méditer, une femme apparut devant lui, offrant de lui brosser les cheveux. Le Véritable Guerrier la repoussa si violemment qu'hélas elle tomba de la falaise. Mortifié par son geste, il se jeta dans le vide, espérant la sauver. Ce fut alors que cinq dragons apparurent et le retinrent dans sa chute, l'élevant jusqu'au paradis céleste. Ainsi la montagne hérita de son nom. L'empereur de Jade le rendit immortel et lui donna la charge divine de gouverneur du Ciel septentrional. Bien sûr, nous ne connaissons guère son visage et ne savons de lui que sa force : alors sais-tu comment nous le représentons ? Sous la forme d'une tortue fantastique qu'encercle un serpent, et dont la carapace évoque une invincible armure. Ainsi, quand tu vis une tortue en arrivant au temple, tu n'avais pas tort, tu as su voir l'essentiel, l'esprit de Zhen Wu.

Bouche grande ouverte, je l'avais écouté me parler de légendes que je ne connaissais pas, et dont je ne pouvais déjà plus me passer.

— En hommage à Zhen Wu dont ils reconnurent la puissance, les empereurs de Chine décidèrent de bâtir sur cette même montagne temples, palais et monastères qui rivaliseraient avec la Cité interdite. L'un d'eux fit ainsi transporter depuis Pékin un temple de bronze recouvert d'or et y installa une statue de Zhen Wu.

— Où se trouve ce temple ? demandai-je avec une ferveur qui trahissait mon impatience.

J'imaginais ce lieu comme le plus haut, le plus précieux de toute l'humanité, éblouissant de mille feux.

— Le sanctuaire d'Or ?

Il me sembla que le vieux Maître esquissa sous son bouc un sourire, provoqué par la simple évocation du monument.

— Il se trouve encore aujourd'hui au sommet du Pilier céleste, où Zhen Wu le Véritable Guerrier est monté au ciel, en face de toi.

Mes yeux écarquillés se dirigeaient vers tous les pics sans rien distinguer de particulier. Le Maître me fit signe d'apaiser ma respiration. Avec ses bras, il paraissait repousser l'air qu'il expirait et compacter de ses mains celui qu'il inspirait. L'élément lui obéissait comme un cheval entre les doigts de son cavalier. Ses gestes étaient lents, comme s'il s'était mû dans l'eau d'une rivière ou que des vents contraires s'opposaient à lui. Sur ses conseils, j'essayai de calquer ma respiration sur la sienne. C'est alors que je le vis, apparaissant à peine à travers la brume : le pic du Pilier céleste. Toutes les autres montagnes avaient l'air de s'incliner vers lui. Il semblait dominer le monde, culminant à mille six cents mètres de hauteur. Le bronze et le cuivre mordorés du toit du temple d'or épousaient un éclair de soleil qui parfois transperçait les hauts nuages.

— À l'intérieur du temple se trouve la statue de Zhen Wu qui pèse plus de dix tonnes, dit-il avec des braises dans les yeux.

Je ne l'écoutais plus, ses mots étaient comme des bruissements lointains. J'avais enfin trouvé mon but sur Terre, la finalité à laquelle le sort me destinait, le temple d'Or !

— C'est là que je dois aller ! dis-je, provoquant sa surprise. Ma mère l'a vu en songe, avant de rejoindre les immortels. Je dois y aller. Maître, comment puis-je rejoindre le sanctuaire d'Or ?

Le Maître fit demi-tour et, joignant à nouveau ses mains dans son dos, marchait exactement dans les pas qu'il avait faits à l'aller.

— Deux sentiers gravissent la montagne jusqu'au temple d'Or. La Voie sacrée de l'est et la Voie sacrée de l'ouest. De nombreuses difficultés jalonnent ces itinéraires, et pour une même destination on peut emprunter deux chemins contraires. La Voie sacrée de l'est est la plus rapide, mais tu devras prendre garde aux ravins qui la bordent. Ceux de l'arrivisme, du narcissisme, de l'emportement et de la supériorité. Des bêtes sauvages nommées Impatience et Suffisance sont prêtes à attaquer celui qui s'y aventure.

— Et la Voie sacrée de l'ouest ?

— Celle-ci est plus sinueuse. Elle demande un long apprentissage. On y cueille les fruits de la patience et de l'humilité. On y voit son propre reflet sans aucun filtre. Mais celui qui arpente son chemin marche d'un pas assuré, évitant les dangers. Le jour, d'immenses grues montrent la route et des feux follets guident le marcheur perdu dans la nuit. À présent, c'est à toi de me dire laquelle de ces deux Voies tu choisiras pour t'y rendre.

J'essayais de cacher au Maître mon embarras, car je ne savais laquelle choisir et craignais de donner la mauvaise réponse.

— Celle que vous m'indiquerez, lui dis-je en signe de déférence.

— Je ne peux te dire où tu dois marcher, me répondit-il sans me regarder, évoluant avec soin sur les pierres de la cour centrale, évitant méticuleusement celles qui étaient brisées.

— Maître, je ne peux choisir, car j'ai en moi la tentation des deux Voies. Celle du danger et de l'immédiateté, et celle de la sûreté et de la tranquillité.

Nous regagnâmes le banc où mon grand-père nous attendait avec, à ses pieds, le baluchon dans lequel il avait rassemblé mes maigres possessions, un peigne et un savon, une paire de souliers, deux pantalons.

Je les laissai s'entretenir, essayant de lire sur leurs lèvres mon destin. Mon grand-père déposa dans les mains du Maître le baluchon en s'inclinant. Alors je sus.

Il me donna pour tout conseil d'obéir et de ne pas lui faire honte, puis tourna les talons et repartit sans un au revoir. Je n'avais jamais aimé mon grand-père, mais je ne pus m'empêcher de sangloter en voyant s'éloigner mon dernier lien à mon enfance, à ma chère maman disparue. Il était, derrière son visage fermé, la seule famille que j'avais connue. Je restai suspendu à ses pas encore de longues minutes. Puis, montant dans sa charrette, il se retourna enfin et me fit un signe de la tête. Si l'arbuste décrépit, peut-être ne sont-ce pas ses racines qui sont pourries, mais le terreau dans lequel il est planté qui ne lui convient pas. Peut-être mon grand-père, à voir mon chagrin, l'avait-il compris et m'avait-il planté là où j'avais le plus de chances de pousser. Ma vie serait désormais sur ces montagnes, parmi les guerriers de l'harmonie et les légendes. Il n'y aurait plus de retour possible. Ma vie commençait ici, sur le pic du Cheval blanc.

Je ne voulais pas que le Maître devine mon trouble ni qu'il me pense trop faible pour devenir un disciple du Véritable Guerrier, alors je lui tournai le dos et essuyai mon visage dans ma manche.

Le soir tombait, il me montra le dortoir dans lequel j'allais séjourner. Dans la pénombre, des dizaines de paires d'yeux s'allumèrent soudain. Les autres élèves moines m'observaient en silence. La nuit, il est interdit de parler. Je me dis que j'aurais cruellement besoin de feux follets pour me servir de torche et me montrer le chemin.

— Maître, je prendrai la Voie sacrée de l'ouest pour aller au sanctuaire d'Or, lui dis-je avant qu'il prenne congé.

— Je n'en pensais pas moins de toi, me dit-il, esquissant un sourire avant de s'évanouir dans l'obscurité.

Les bruits, chaque son, tout me semblait étranger. Allongé sur ma couche, j'avais peur, mais je m'endormis avec dans le cœur un sentiment de fierté. J'allais réaliser le songe de ma mère, aller jusqu'au temple d'Or, et la retrouver.

L'aube traînait son ombre dans la chambre commune. Tandis que j'étais étendu sur ma paillasse, un mélange d'excitation et de crainte s'était emparé de mon esprit qui ne voulait plus dormir.

Alors que les autres disciples s'adonnaient aux tâches ménagères du matin ou faisaient leurs ablutions, je restai planté devant la porte du dortoir à dévisager le Maître céleste, comme j'aurais observé les arbres. Son chignon, tenu par une épingle surmontée d'une perle à la nacre éclatante, trônait exactement à la même place que la veille, sur le haut de son crâne. Chaque cheveu semblait avoir retrouvé sa place exacte.

Sans faire cas de ma présence, il me tendit un balai de paille. Je regardai autour de moi d'un air étonné, la cour était immaculée. Les élèves l'avaient déjà entièrement briquée au savon noir, les pierres finissaient à peine de sécher. À quoi bon l'astiquer encore ? pensai-je si fort que le Maître m'entendit.

— Balayer ne nettoie pas seulement ce qui se trouve à l'extérieur de soi. Par l'action, on nettoie ce qui fait désordre à l'intérieur de soi, me dit-il en étudiant mes mouvements. Si tu balayes sans conscience, tu ne vaux pas mieux que le balai lui-même, tu n'es qu'un fagot parmi d'autres. Mais si tu balayes en ayant conscience de ton geste, de ce qui t'entoure, du bien que tu procures au lieu qui t'accueille, alors tu en deviens l'hôte souverain, et ton environnement prendra soin de toi à son tour.

Je m'appliquai à disperser chaque brindille que les majestueux séquoias de Chine, qu'on appelle ici sapins d'eau, déposaient à la moindre bourrasque, luttant pour ne pas me laisser distraire par le parfum des aiguilles à la sève odorante mêlé à celui du soleil émergeant sur la montagne Sacrée.

Le silence entre nous me pesait. J'avais tant de questions à lui poser ! Les oiseaux fous à l'intérieur de ma tête piaillaient et croassaient tout ce qu'ils savaient.

— J'ignore toujours ce qu'est le Tao, finis-je par avouer, faisant peser ma honte sur le balai.

Le Maître se saisit du manche. On aurait dit une de ces marionnettes qu'agitent au bout de ficelles les acteurs de théâtre. Sur une jambe, en piqué, tournant sur lui-même, faisant voler la poussière au-dessus de son épaule, il frôlait le sol de ses pieds. Il ne balayait pas, il dansait. La paille s'anima.

— Détache-toi de son nom s'il te semble étranger, et fie-toi à ta sensation. Le Tao n'est pas une chose à posséder ni un concept à connaître. Il ne porte pas de nom, car le principe suprême ne saurait avoir de nom. Mais pour pouvoir le mentionner nous l'appelons ainsi : l'immense. Toutes les images, tous les noms que nous pourrions lui donner ne sont que des illusions, des constructions humaines que nous utilisons pour saisir son infini. Il est le constituant de l'univers, indifférencié et parfait. Il est l'absolu, il ne dépend de rien et ne peut être comparé à rien.

Je fronçai les sourcils, tâchant de me représenter cet être magique que j'imaginais comme une gigantesque créature vivant dans une grotte secrète.

— N'essaie pas de le penser, reprit le Maître. Le Tao n'est pas saisissable par l'esprit. En son sein, l'infiniment grand et l'infiniment petit, le dehors et le dedans se rejoignent. Il est le tout. Il est l'état qui n'a besoin de rien, car il est déjà complet. Il est le mouvement perpétuel, le souffle de vie, l'ondulation primordiale. Il est l'intangible qui donne toute forme au vivant. Il est la matrice du temps, il ne connaît ni début ni fin, celle de l'être et du non-être. Il est la mère de ce monde. Il est la Voie sur laquelle nous marchons tous.

— C'est comme les arbres de la forêt de Shennongjia, dis-je, guilleret, en reprenant le balai. Ils sont la force du tronc et la légèreté de la feuille, l'infiniment grand de leur taille et l'infiniment petit de la fourmi qui les arpente.

Quel aplomb de prétendre avoir saisi l'ineffable !

— Un seul arbre peut contenir le Tao tout entier, si l'on sait l'observer avec l'attention juste, approuva néanmoins le Maître, satisfait.

Un voile d'inquiétude et de nostalgie traversa ses yeux fauves, qui faisaient exister ce sur quoi ils se posaient.

— Il y avait plus de cinq cents temples et monastères là où nous sommes. Il n'en reste plus que quelques-uns. Nous avons été interdits, chassés, pillés. Beaucoup de petits hommes se sentent menacés par notre indomptable force et ont voulu nous faire plier.

Il cessa son mouvement et me regarda fixement. Je me sentis baigné de chaleur comme auprès d'un âtre. J'osais à peine soutenir son regard. Dans notre société, regarder quelqu'un dans les yeux est un signe de défi, d'impolitesse. Nous préférons ne pas fixer l'autre quand nous nous exprimons, de peur d'être offensant.

— Le temple que tes pieds foulent et que tes mains balaient a été érigé il y a plus de mille ans, pendant une période de grand conflit. Il servait de sanctuaire. Ceux qui tentaient de fuir la guerre ou la persécution faisaient route vers cette forteresse afin d'y être protégés par cinq moines taoïstes que l'on appelle « les Cinq Immortels ». Depuis, ceux qui ont besoin d'un asile sont les bienvenus ici. Ainsi, des Maîtres célestes se relaient depuis plus de mille ans dans ce temple pour enseigner, et chacun choisit un disciple qui fera à sa suite perdurer l'enseignement de l'harmonie. Nous ne sommes plus que quelques-uns à persévérer dans la voie des guerriers de l'harmonie. Je crains de disparaître sans avoir vu l'avènement d'un nouveau Maître qui, comme Zhen Wu, dépassera par son aura le pouvoir terrestre et fera subsister le règne de l'harmonie face à la violence des hommes.

— Qui étaient les Cinq Immortels ? demandai-je, essayant à mon tour de danser avec mon balai, combattant la poussière, que je finis, hélas, par me projeter en pleine face.

Je toussais en me frottant les yeux tandis que le Maître entamait son récit.

— Les Cinq Immortels étaient tous dotés d'une grande sagesse, chacun pratiquait un art essentiel aux hommes qui veulent être libres. Le premier Grand Maître immortel étudiait le mouvement des astres pour guider l'humanité. Il cultivait la compassion et la tolérance. Le deuxième Immortel travaillait au perfectionnement du kung-fu, préconisant d'appliquer à la vie les vertus martiales du courage et de la force. Le troisième Immortel excellait à la circulation de l'énergie vitale, le Qi. Il maniait l'alchimie interne pour traiter les maladies. Le quatrième Immortel connaissait les plantes et guérissait les hommes par les herbes médicinales. Le cinquième Immortel était un expert de la musique et du chant, il avait l'oreille absolue. Ensemble, ils déployaient leurs pouvoirs afin de soulager ceux qui étaient dans le besoin, ceux dont le cœur-esprit était en souffrance. Des cohortes d'habitants de villages voisins ou lointains se lançaient dans l'ascension de la montagne Sacrée pour leur faire des offrandes. Aujourd'hui, à peine dix monastères subsistent ici. Le Tao ne peut être détruit, mais qui, dans trois générations, se souviendra encore des Cinq Immortels et de leur enseignement ? Qui se souviendra de nous ? se lamenta-t-il.

Les mots coulaient de sa bouche comme l'eau d'une rivière, sans heurt ni effort. Jamais il ne semblait avoir besoin de reprendre son souffle. Sa parole était claire et désaltérante, et cependant je ne saisissais pas tout ce qu'il disait.

Le Maître m'ordonna de méditer au sujet de l'intention que je voulais donner à ma vie monastique. Auquel des Cinq Immortels souhaitais-je vouer un culte et à l'étude duquel de leurs cinq arts désirais-je me dédier ? Oserai-je lui avouer que, des illustres exemples dont il me parlait, je n'aimais que l'aventure et la liberté ? L'idée de me dédier à un seul art ou de vénérer un sage disparu me semblait étrangère. Je voulais tout goûter, savourer ce que j'aimais et recracher le reste. Être Zhen Wu et atteindre le temple d'Or, ou rien.

Je m'assis en face du gigantesque sapin d'eau qui délimitait la cour, et dont les racines descellaient les pierres du temple comme si rien ne pouvait les contraindre. Face à son tronc noueux et large, je me sentais en sécurité, j'étais alors encore un enfant dans la forêt de mon village. L'arbre faisait trente mètres de haut, et je me dévissai le cou à tenter d'en deviner la cime. Je regardai le ballet des feuilles vertes et jaunes, qui se mouvaient comme des hommes et des femmes se séduisant et se repoussant.

Le Maître s'approcha et leva la main vers moi. Je me pétrifiai. J'avais encore rêvassé, je ne savais même pas ce que l'on espérait de moi. Attendant ses remontrances, je couvris mon visage de mes mains, le suppliant entre deux sanglots de ne pas me frapper. Il saisit entre son pouce et son index une feuille de l'arbre qui s'apprêtait à tomber, la détacha délicatement et me la tendit.

— Essuie tes larmes. Je vois que tu as fait ton choix, me dit-il, je suis fier de toi.

— Maître, je n'ai pas fait de choix, lui avouai-je, contrit. Je n'y ai même pas pensé.

La honte m'éperonnait. J'avais pleuré devant le Maître, je l'avais embarrassé en lui imposant le spectacle de mes émotions. Pour réparer ce terrible affront, je me prosternai, et inclinai ma tête jusqu'à ce qu'elle touche le sol. Je priai pour qu'il m'offre son pardon.

Il me fit signe de me relever. De ses doigts agiles et nerveux, il effleura une pointe de mes cheveux. Un frisson comme un éclair traversa mon corps, de mon crâne jusqu'à mon ventre. Personne, depuis ma mère, ne m'avait touché. Cela n'avait hélas rien de surprenant, le toucher étant réservé dans notre culture à l'intimité. Jamais nous ne nous serrons les mains ou ne nous embrassons en public. Je tâchai de toutes mes forces de cacher au Maître mon transport, l'envie d'approcher ma tête de sa main, qu'il la couvre de sa paume et qu'enfin je cesse de trembler.

— Au contraire, ton choix est très clair. Tu t'es assis en contemplation devant ce sapin d'eau. Le deuxième Immortel, l'ermite Zhang Sanfeng, était grand, il avait de grandes oreilles et des yeux ronds. Sa barbe se hérissait furieusement comme la lame d'une hallebarde. Été comme hiver, il ne portait qu'un simple vêtement. On dit que ses os étaient ceux d'une grue et sa posture celle du pin, symboles de longévité. Il était aussi bien capable d'avaler une quantité incroyable de nourriture que de jeûner pendant de longues semaines. À trois reprises, des empereurs envoyèrent sur la montagne Sacrée des délégations à sa recherche, mais personne ne put le voir. À sa place, ils trouvèrent un arbre gigantesque, comme celui-ci. Une fois les émissaires partis, il utilisait ses connaissances en alchimie intérieure pour revenir et retrouver sa souplesse, conclut-il, s'inclinant en signe de respect devant l'arbre au pied duquel je m'étais assis.

L'office du matin sonna et je suivis le Maître jusque dans la salle principale du temple. Seules quelques lanternes de papier rouge éclairaient la pièce de leur lumière d'accordéon, dont les murs de briques étaient recouverts de panneaux d'un bois sombre, sur lequel étaient sculptés des arbres, des montagnes, des rivières, des tigres et des grues.

Les autres élèves étaient parfaitement alignés, à égale distance. Trois gongs et deux tambours rythmaient la récitation des textes fondateurs, ceux des trois vénérables sages, Lao-tseu, Tchouang-tseu et Lie-tseu. Mais comment réciter des mots que je n'avais jamais lus ? Debout trois heures durant, les membres engourdis, les oreilles bourdonnant, je tâchai de m'imprégner de leur liturgie et ânonnai des sonorités sans aucun sens. J'avais envie de bâiller, mais je me contenais avec la plus grande fermeté. Des fourmis s'étaient emparées de mon orteil droit, je les laissai me dévorer sans ciller, afin de ne pas perturber l'office. Hélas, mon genou gauche trembla, puis, sans que je puisse exercer sur lui la moindre autorité, plia sous le poids de mon corps.

Trois offices par jour rythment la vie des moines taoïstes, me renseigna un élève, me guidant vers la salle de calligraphie. Celui du matin, celui de la journée et celui du soir. Un quatrième office est célébré la nuit pour le Boisseau du Nord, la Grande Ourse, me précisa-t-il avant de s'asseoir à côté de moi.

Ni l'encrier ni le pinceau ne s'accordaient avec mes mains. En tailleur et en silence, il ne fallut pas longtemps avant que je ne fasse couler l'encre noire sur le parchemin ivoire. J'épongeai discrètement le surplus avec ma manche, faisant une nouvelle traînée d'encre. Je m'appliquai ensuite à écrire quelques idéogrammes au milieu de mes souillures. Devant le parchemin, mon esprit était troublé par mille pensées. Le visage de ma mère et les coups de mon grand-père semblaient apparaître sur le papier. La voix inconnue de mon père, j'aurais voulu la dessiner. Était-il au côté de Zhen Wu ? L'exercice était ardu : il me fallait représenter des caractères immobiles, tandis qu'en moi tout était en mouvement. Un tourbillon d'envies et d'émotions me prenait sitôt que je cessais de bouger. La feuille me narguait, l'encre me tenait en joue, prête à faire couler ma maladresse, à la rendre visible aux yeux de tous.

— Celui qui n'a pas la paix intérieure ne peut calligraphier, nous enseigna le Maître. Sa main trahira les soubresauts de sa pensée, et le lecteur éclairé pourra y reconnaître les troubles de son âme.

Terrifié à l'idée que le Maître puisse deviner mes pensées, j'arrachai la feuille et la pliai en quatre, avant de la ranger dans la veste de mon habit bleu marine.

La méditation collective qui suivit eut raison du peu de contrôle qu'il me restait. J'essayais de tenir assis sur une brique horizontale recouverte de tissu, sur laquelle je me tortillais plus qu'autre chose ; un jeune moine me guida afin de trouver la bonne position. Je devais faire attention à ne point poser mes pieds l'un sur l'autre pour ne pas bloquer la circulation de l'énergie, rentrer légèrement le menton, me donnant la sensation que ma tête poussait délicatement le ciel, laisser mon coccyx descendre et reposer solidement sur la Terre, ne pas avoir le dos droit mais le laisser former une demi-lune arrondie, ressentir alignés, comme reliés par un seul bambou, ma tête, mon cœur et mon ventre. Demeurer ainsi immobile et écouter. Laisser librement circuler l'énergie, pour que les pensées retrouvent leur liberté. Libérer les oiseaux fous pris dans la tempête, prisonniers de ma tête.

Le moine nous invita à observer paisiblement notre corps se détendre et ses tensions le quitter. Se voyant ainsi intimer l'ordre de lâcher prise, le mien se rebella. Je regimbais, me contractais. Il y avait en moi quelque chose que je ne pouvais abandonner. J'étais comme le dragon que sa flamme brûle de l'intérieur tant qu'il ne l'a pas crachée.

Je ne me représentais plus seulement le visage de ma mère, je l'entendais. Sa voix était lointaine, je devinais ses mots avec peine, mais elle se mêlait à la voix du moine, à mes propres pensées, me répétant que j'étais un mauvais fils, que je l'avais laissée se tuer aux champs pour me nourrir, et j'étais à présent incapable de satisfaire son souhait de me voir intégrer le temple d'Or de la montagne Sacrée, puisque je ne réussissais même pas à méditer. Quelle chose étrange que la méditation ! Qu'étais-je supposé ressentir, penser ? Tous les autres élèves semblaient profiter de l'énergie qu'ils laissaient se mouvoir, calmes et apaisés. J'attendais un déclic, quelque chose de magique, mais rien d'autre ne se présenta à moi que cet agacement. Une mouche volant à travers la pièce eut raison du peu de concentration que je parvenais à mobiliser. Qu'avais-je donc de défectueux ? Étais-je un mauvais Chinois, un mauvais fils, un homme incomplet ? Mon cœur s'emballait, mes mains devinrent moites, couvertes d'une brume d'inquiétude.

Combien de fois pourtant avais-je contemplé la forêt des heures durant sans bouger ? La nature était belle et la terre sentait bon. Les couleurs animaient mon œil, le chant des oiseaux ou le bruissement des feuilles dans le vent étaient plus doux que les gongs et les tambours. Alors j'étais loin de mes soucis quotidiens, je ne méditais pas, je ne cherchais rien, j'étais. Admirer ce qui était en face de moi, plus fort, plus grand, plus éternel, me ravissait. Maintenant que, coupé de cela, on m'imposait de le faire, je n'avais plus l'âme contemplative.

Ma respiration me semblait artificielle à présent que j'y prêtais une attention démesurée. Des tressaillements parcouraient mes membres comme si un courant électrique me piquait. Chaque muscle de mon visage me grattait. Mes pensées, qui à l'air libre jamais ne venaient m'assaillir, me prenaient à présent à la gorge, si bien que je manquai de m'étouffer et ne pus contenir un cri.

— C'est la peur du Wu Ji, me dit le Maître, hochant la tête.

— Qu'est-ce que le Wu Ji ?

— Le vide. Au début, il peut être effrayant de se retrouver seul face à soi-même. On est alors comme au milieu d'un torrent, sans musique, sans camarades, sans aucune distraction. C'est le stade qui précède la maîtrise de soi. Le vide conduit à l'harmonie entre ton corps et ton esprit.

— Je ne veux pas habiter le rien, lui dis-je avec la force de mon adolescence. Je veux habiter le tout ! Je veux les torrents, les rivières, la musique, et les êtres. Pourquoi dois-je me couper de tout ce que j'aime afin d'atteindre l'harmonie ?

— Tu n'auras plus besoin de ces choses pour te sentir complet, tu apprécieras ta propre présence, tu deviendras ton meilleur compagnon. Tu développeras tes cinq sens et même un sixième, l'intuition. Ta perception de ce qui t'entoure deviendra de plus en plus claire. Tu pourras profiter pleinement de tes émotions parce qu'elles ne t'emporteront plus comme aujourd'hui. Tu pourras galoper avec elles librement, sans qu'elles te désarçonnent ou que tu te brises le cou.

— Maître, en quoi cette harmonie-là me rendrait-elle heureux, si rien de ce qui m'est cher n'y vit ?

— Parce qu'elle te permettra de trouver ton *ming*, le destin de ton ciel. Chaque homme doit à un moment de sa vie fouler son propre chemin, chevaucher sa propre chance. Tu dois pour cela t'éloigner de son éducation, de tes parents, de tout ce que tu connais afin de questionner ton être. À son entrée au temple, le moine taoïste rompt avec le monde ordinaire. Il devient *chujia*, « celui qui a quitté sa famille ». En venant ici, tu as fait vœu de vivre dans le célibat, de couper avec les liens du sang, du mariage ou de la sexualité. Tel est le prix à payer pour devenir un *daoshi*, un maître du Tao.

Je ne pouvais m'empêcher de me demander ce que deviendrait l'arbre auquel on couperait ses racines. Je ne me sentais pas prêt à faire ce choix de renoncement à un monde auquel je n'avais pas encore goûté. J'avais dans la bouche l'amère sensation que l'on y avait renoncé pour moi, sans que j'eusse mon mot à dire.

— Après mon apprentissage, pourrai-je à nouveau être libre de mon temps, me promener où je le souhaite et rêver devant les arbres ? lui demandai-je avec anxiété.

— Celui qui est pressé d'arriver avance à reculons, dit-il, faisant un mouvement de tête en signe de désapprobation. Les novices requièrent trois ans de probation avant d'être intégrés à la communauté, le même temps durant lequel il convient de porter le deuil d'un parent, pour symboliser le fait que quitter le monde s'apparente à un deuil. Durant tout ce temps, tu seras *tongdao*, Tao-enfant. Tu résideras dans le temple, tu t'ajusteras à la vie monacale. Tu serviras les moines dans tous les aspects de la vie quotidienne. Tu apprendras les textes des trois sages, tu les questionneras, afin de trouver ta voie. Enfin, tu seras investi. Tu recevras un nouveau nom et tu feras l'honneur de ton Maître.

Que sont trois années à l'échelle d'une sagesse millénaire ? Mais à l'échelle d'une vie adolescente, cela me semblait une éternité. Comment patienter tout ce temps avant d'être accepté ? J'étais loin de mon village, sans personne dont crier le nom si j'étais malade ou perdu, et le Maître céleste était devenu, en à peine une journée, tout ce que j'avais. Je craignais soudain que le seul homme qui était à présent mon référent sur Terre ne se désintéresse de moi en découvrant ma pusillanimité.

Lorsque j'étais enfant, mon pays souffrait d'un mal qui semblait incurable autant qu'héréditaire, la pauvreté. Dire que nous manquions de tout serait insuffisant. Une génération entière était née sans avoir le souvenir de ce que manger à sa faim signifiait.

Je ne sais par quel miracle ma mère rapportait parfois du marché, caché sous son vêtement, un fruit étrange et duveteux dont l'apparence me fascinait, une groseille de Chine, que vous appelez kiwi. Ce fruit miniature tenait dans la paume de sa petite main. « Il te donnera la force d'un géant », me disait-elle en me le tendant. Elle me racontait alors le voyage de cette boule sombre qui poussait dans le centre de notre grand pays. Elle avait voyagé à dos d'homme dans des panières de bambou, sur des charrettes, puis sur les rails nouveaux qu'installait le régime. Elle poursuivait sa course sur le fleuve Bleu, le Yang Tsé, jusqu'à Shanghai, d'où elle embarquait à bord d'immenses bateaux vers des contrées lointaines dont les peuples auraient un goût de la grande Chine.

Nous avions de la chance, une caisse était tombée du chargement et un homme qu'elle connaissait avait eu la gentillesse de lui garder un de ces précieux fruits. Je savais qu'elle n'avait pas d'argent pour le payer. « Ne t'en fais pas, mon fils, je lui ai donné ce qu'il attendait », me disait-elle alors.

Puis elle enfonçait ses deux pouces en son milieu et fendait le fruit en deux. Elle me tendait sa chair juteuse et souriait en me voyant le manger. Je grimaçais à cause de son acidité, mais je souhaitais plaire à ma mère. Je lui tendais alors victorieusement la peau évidée du kiwi que j'avais vaillamment avalé. Comblée, elle buvait les quelques gouttes de jus que j'avais laissé. Jamais, dans ma tête d'enfant, je n'ai songé à tout ce qu'elle sacrifiait pour moi, et à combien ce fruit qu'elle aimait tant lui aurait profité. Je mangeais ce que ma mère me tendait. Depuis, l'égoïsme heureux de l'enfance a pour toujours à mes yeux le goût des kiwis duveteux.

Cette deuxième nuit au monastère, le sommeil se refusait à moi. Je devais faire seul tant de choix qui détermineraient ma vie ! Renoncer au monde, intégrer une confrérie, vivre selon sa loi. Il n'y avait pas d'échappatoire. J'aurais préféré faire face à un monstre à huit têtes plutôt qu'à cette immense responsabilité.

Je n'avais que seize ans, je pensais être un homme à part entière, alors que j'étais encore un enfant. J'avais peur de décevoir ma mère en renonçant à son rêve. Le temple d'Or dominait la montagne Sacrée, la porte rouge, et derrière elle l'étendue d'eau infinie, la lumière y reflétant mille rayons descendant tout droit du ciel, son imperturbable tranquillité. Combien d'années me faudrait-il avant de gravir ces marches ? En serais-je jamais digne un jour ? Se trouvait-il réellement à l'intérieur un lac infini ?

Je songeai au voyage merveilleux du fruit de mon enfance qui traversait notre pays avant de prendre la mer vers des horizons nouveaux. Aucune responsabilité, aucun souvenir, aucun passé, pas d'oppression ni de futur, au milieu de l'océan, la liberté. J'enviais sa fuite vers des ailleurs pleins de promesses. Que ne pouvais-je être un kiwi et partir loin !

Je priai le sommeil de me délivrer de la nécessité de choisir, de faire en sorte qu'au réveil tout soit aussi limpide que la rivière, aussi calme que la prairie, et mon cœur aussi léger que la grue.

Le gong matinal retentit, je n'osai pas bouger, retardant autant que possible la confrontation avec le réel.

Toute la matinée, le silence apaisant du monastère m'étouffait, je faisais sans entrain tout ce que l'on attendait de moi. J'avais besoin d'un ailleurs. Je souhaitais partager avec le Maître céleste le fruit de ma réflexion mais je craignais plus que tout sa réaction. Comment annoncer à celui qui vous juge digne de son intérêt que l'on n'est pas prêt à recevoir ce qu'il a à vous donner ?

— Ton énergie semble très perturbée aujourd'hui, finit par me dire le Maître, à la pause du déjeuner, m'invitant à le rejoindre sous le séquoia de Chine.

Je m'installai en tailleur à sa gauche, en face de l'arbre, comme si je le prenais à témoin. Maintenant que j'avais son attention, les mots avaient déserté ma pensée, j'étais au bord d'un vide intérieur vertigineux.

— Il existe pour un homme deux types de silence. Le silence noble et le silence craintif. Le premier marque la maîtrise de ses pulsions et de ses émotions, la tempérance. Le second est la marque d'une inhibition, d'une peur du jugement. Le premier a la force d'un éléphant, le second a celle du rat. C'est ton choix de ne point parler, mais ne te trompe pas de silence. Car ce que l'on tait par contrainte ne disparaît pas. Ton secret va perturber ton énergie, se mélanger à elle et affaiblir ta constitution.

— Maître, j'ai peur que vous me reniiez. Ce que je veux vous dire est indigne de vous, de l'héritage que vous voulez m'enseigner. Je vous ai trahi.

— Ce que l'on pense être un tigre dans le noir n'est parfois à la lumière du jour rien d'autre qu'un chat.

Alors le rat en moi tenta de se donner la force de l'éléphant, je me grandis, gonflai mon ventre et lui dis tout ce que je gardais en moi.

— Je ne peux intégrer le temple aujourd'hui et faire partie de ceux qui renoncent à leur liberté. J'ai besoin de voir le monde. Une partie de lui m'appelle, et je ne serai qu'un être incomplet si je ne vais pas à sa rencontre.

— Quel élément t'appelle ? me demanda le Maître, les yeux mi-clos.

Étonné par son absence de réaction, je laissai couler toutes les tensions accumulées la nuit précédente.

— L'eau.

— Tu as de l'eau ici, l'eau est partout sur Terre.

— Cette eau-ci ne m'appelle pas. Elle est trop limitée. Par les bords de la rivière, par une tasse, par des gouttes de pluie. L'eau infinie m'appelle. Je veux aller là où on ne voit qu'elle à perte de vue, sans aucune limite.

— C'est contraire aux règles séculaires qui régissent notre ordre.

Sa voix était pleine d'une compassion qui fit vaciller ma détermination.

— Maître, je veux voir l'océan. Ce n'est pas un simple désir passager, mais une nécessité qu'éprouve mon être entier. Accordez-moi cette grâce. Je vous promets à mon retour d'être le plus appliqué des disciples. Je renoncerai au monde et vouerai ma vie au Tao.

C'est ainsi qu'un rat qui se pensait éléphant accoucha d'un chat qu'il pensait être un tigre.

Jamais rien ne m'était apparu aussi clairement. En une nuit le brouillard s'était dissipé, je devais partir à la rencontre de l'océan. Peut-être sur son rivage retrouverais-je ma mère ? Je ne savais toujours pas où aller, mais j'avais trouvé une certitude à laquelle me raccrocher. Là-bas, elle m'attendait.

Comment expliquer au Maître que je rejetais deux millénaires de tradition et n'aspirais à rien d'autre qu'à faire le voyage d'un kiwi de Chine ?

Que ferais-je s'il refusait ? M'enfuirais-je la nuit, pour une destination qui m'était inconnue ? Quelle serait la place du garçon dont personne ne voulait, au milieu d'un pays de près de sept cents millions d'âmes ? Ou bien aurais-je la force d'accepter son ordre, de chaque jour vivre ici une vie que tant m'envieraient mais qui n'aurait pour moi qu'un goût de sacrifice et d'inachevé ?

— Je te donnerai ma réponse à la nouvelle Lune, conclut le Maître.

Les jours suivants, le soleil avait la lenteur de la tortue dans sa course à travers le grand ciel. Chaque soir, je guettais la Lune et tentais d'en observer les changements qui se dessinaient bien trop mollement.

Le neuvième soir, le Maître vint s'asseoir à mes côtés. Mon cœur battait, prêt à exploser au moindre de ses mots. Je calai ma respiration sur la sienne, ample et profonde. L'air que j'inspirais me semblait d'une fraîcheur nouvelle, il avait l'odeur de l'ailleurs.

— Tu devras respecter en terre étrangère les cinq préceptes, sous peine d'être banni et de ne jamais pouvoir revenir : ne pas détruire la vie, ne pas ingérer de viande ni d'alcool, ne pas parler contre sa pensée, ne pas voler, ne pas céder aux tentations de la luxure. Même à mille, cent mille lieues d'ici, tu es sous ma responsabilité. Je te fournirai les documents nécessaires pour sortir du pays et te protégerai jusqu'à ce que tu embarques pour ta destination. Un monastère de là-bas t'hébergera dans sa confrérie le temps de ton séjour.

Je n'osais croire à ce que ses recommandations suggéraient : il m'autorisait à entreprendre le plus grand des voyages !

Ne pouvant contenir ma joie plus longtemps, je lui sautai au cou et enroulai mes bras autour de lui. Nous restâmes ainsi à peine une seconde, qui rassasia en moi des années de famine de contact et de tendresse.

— Je ne fuis pas mon pays ni votre amitié. Je ne resterai pas longtemps, je vous le promets ! lui dis-je pour le rassurer.

Le Maître me repoussa délicatement.

— Ton départ est soumis à une condition. Écoute-la bien, car il n'y aura pas de retour pour toi si tu essaies de t'y soustraire.

Il prit une grande inspiration.

— Tu ne reviendras pas avant que l'océan ne t'ait parlé.

Était-ce un piège pour tester ma sagacité ? Je n'avais guère d'instruction, mais je savais bien que l'eau ne parlait pas.

— Ô Maître, vous vous moquez de moi, l'océan ne parle pas, pas plus que les grues ou les tortues !

— Comment le sais-tu ? L'océan t'appelle, m'as-tu dit l'autre jour, n'est-ce pas ?

Je ne pus qu'acquiescer.

— Alors tu ne seras pas autorisé à revenir avant d'avoir répondu à cet appel. Nul ne peut avancer sur la voie de l'harmonie en laissant derrière lui des choses inachevées. Telle est ma condition, telle est la Voie.

— Maître, est-ce bien vrai, vous m'y autorisez ? Dites-moi que vous ne m'en voudrez pas. Je ne pourrai voyager le cœur léger si je crains d'être à tout jamais loin de vous.

— Il n'est pas en mon pouvoir d'accepter ou de refuser ce qui a été ordonné par le Grand Tout.

Pour la première fois je le vis sourire. Chaque ride autour de sa bouche semblait dissimuler l'un des secrets de l'univers, son sourire avait l'invincibilité de celui qui ne craint plus rien parce qu'il s'est vaincu lui-même.

Je préparai mon baluchon avec hâte, rassemblant l'ensemble de mes possessions. Mais le Maître m'en empêcha.

— N'emporte que l'essentiel. Tes pieds, tes yeux, ta pensée et ton cœur, comme les quatre sabots du cheval. Le reste ne ferait qu'alourdir ton paquetage. Celui qui voyage avec un but, guidé par les cinq préceptes, n'a besoin de rien.

Telle est la grandeur des maîtres authentiques, ils n'imposent point leur savoir, ils l'offrent comme un bouquet. Ils n'enseignent rien, si ce n'est la force d'apprendre et de découvrir par soi-même. À mesure que je m'éloignais, je contemplais le Maître avec le cœur serré, me demandant si je le reverrais. Tout le long de la descente du pic du Cheval blanc, je sentais son regard dans mon dos, comme le soleil réchauffe la peau. J'étais en chemin pour une destination lointaine qui n'existait peut-être que dans la vision de ma mère.

« L'espace est un océan ; les univers sont des îles. Mais il faut des communications entre ces îles. Ces communications se font par les âmes. »

Victor Hugo

Un des moines du temple marcha à mes côtés cinq jours durant jusqu'à la rivière où je devais prendre une embarcation qui me conduirait jusqu'au fleuve Bleu, le Yang Tsé. Je n'en connaissais alors que le nom que nous lui donnons en Chine : le « fleuve mère », et déjà je me languissais d'arriver sur ses flots.

Tandis que je tremblais au moindre cri de la forêt, que je craignais sous chaque bruissement de voir apparaître un serpent, rien ne semblait perturber mon camarade. La maîtrise de ce frère d'à peine vingt ans me faisait forte impression. Pour échapper aux bandits et autres détrousseurs, nous avions quitté la route et pris les chemins de traverse. Il se repérait à la mousse des arbres, à la direction du vent, aux hululements, à tout ce qui m'échappait. Nous nous nourrissions de baies, de pousses de bambou et de criquets, dormions adossés à l'écorce d'un arbre, et cette frugalité m'enchantait.

La rivière enfin apparut devant nous. Le moine remit aux matelots d'une petite embarcation de pêche une lettre cachetée de cire. D'un hochement de tête, ils m'invitèrent à bord. J'eus un moment d'appréhension. Ce n'était pas encore l'océan, mais quitter la terre ferme me terrorisait. Mon camarade et moi échangeâmes un sourire mâtiné d'incertitude. « Tu vas aller plus loin que mes yeux ne pourront jamais voir. Plus loin qu'aucun de nous n'a jamais vu », me dit-il en me tendant les baies qui lui restaient, brisant son vœu de silence qu'il avait maintenu durant notre périple. « Quand je reviendrai, je te rapporterai un bout de l'océan. Ainsi tu pourras le voir toi aussi », répondis-je, m'inclinant devant mon aîné en signe de respect. Nous ne savions ni l'un ni l'autre si je reviendrais, mais il était bon de se savoir attendu par un frère. Happé par le cours de l'eau, je laissai le jeune moine sur la rive.

Ne faisant que peu de cas de l'équipage, je ne pouvais me détacher des reflets changeants de l'eau dans laquelle miroitait l'immense ciel. Quelle drôle de sensation que de se déplacer sur l'eau ! Nous glissions sans un bruit, caressant sa surface ; j'avais l'impression de flotter parmi les nuages. Soudain un tourbillon sembla nous retenir, nous tanguâmes alors, comme retenus par un monstre sous-marin voulant nous attirer dans son domaine. Les pêcheurs plongeaient de grandes perches de bois dans la vase afin de nous donner l'impulsion suffisante pour avancer. Un autre tourbillon nous recracha, nous propulsant à telle vitesse que j'en perdis ma coiffe en tissu noir. Je la regardai voguer, comme un navire plus petit encore, au milieu de la rivière. Une partie de ma tête resterait ici, sur la terre de mes ancêtres.

Enfin se dessina le fleuve Bleu. La petite rivière, à sa vue, se gonfla d'orgueil et d'excitation. Elle se précipitait vers lui comme tout être aspire à rejoindre quelque chose de plus grand que lui. Il y avait un tumulte sans nom à l'endroit où les deux cours se rencontraient, comme si les flots s'apprivoisaient avant de couler dans le même lit. J'imaginais les eaux du Yang Tsé d'azur ou de saphir, et quelle ne fut pas ma déception de découvrir qu'elles avaient la couleur de l'ardoise détrempée. Elles étaient chargées d'une boue marron qui en troublait la surface et rendait le fleuve insondable.

Je troquai la barque tremblante contre un bateau de pêche aux dimensions considérables et tendis aux marins une nouvelle lettre rédigée par mon Maître. Bien que je fusse incapable de la déchiffrer, je ne pouvais m'empêcher d'en caresser le sceau en cire, comme un talisman. Qu'avait-il donc écrit pour ainsi me garantir un passage assuré ? Les marins, à sa lecture, échangeaient quelques messes basses puis me regardaient d'une mine entendue. Jamais ils ne posaient de question. Nous descendîmes le « fleuve infini » qui serpente sur plus de six mille kilomètres à travers les provinces du Qinghai, du Yunnan, du Sichuan, du Hubei, du Hunan, du Jiangxi, de l'Anhui et du Jiangsu, en direction de Shanghai.

Les cabines étant réservées aux marins et à leurs aides, je n'étais autorisé qu'à rester sur le pont, à même la coque couverte d'une toile de jute et abrité par un petit toit de paille qui protégeait du soleil durant les longues journées de pêche. Propulsés par le moteur, nous avancions si vite que la brume dormant sur le fleuve impétueux semblait se fendre sur notre passage. Même l'air qui nous entourait était saturé en eau tant l'humidité transperçait nos vêtements et nos os ! Jamais je n'avais vu tel spectacle. Nous traversâmes des plaines fertiles, des roches, de profondes vallées s'étaient creusées sous la force de l'eau. Tous les éléments faisaient place au fleuve Bleu.

Penché par-dessus la balustrade, j'observais le mouvement de la surface animée par une myriade de poissons. Il m'aurait suffi de me pencher pour en attraper dix ! À la nuit tombée, l'équipage avait fait cuire la pêche du jour sur le pont, et l'on me tendit un bol. Le Maître m'avait dit de ne braver aucun des cinq préceptes qu'il m'avait enseignés, ainsi le premier jour me retins-je de manger. La faim déchira mes entrailles toute la nuit, si bien qu'au matin je me précipitai sur le premier poisson-chat sorti du feu, espérant que l'univers me pardonnerait. Je décidai, pour me racheter, de chaque jour nettoyer le pont à grande eau, afin de le débarrasser de la boue, des écailles et du sang qui témoignaient de la bataille entre l'homme et l'animal arraché à la nature.

Les pêcheurs avaient à bord pour mascotte un chat. Le petit félin au pelage tigré, aux babines blanches et à l'oreille tombante donnait à ces hommes endurcis par les éléments et vivant loin de leurs foyers la chaleur dont ils avaient besoin. Le soir, tandis que nous étions réunis autour du feu, le chat se faufilait entre les corps anonymes pour grappiller quelques restes et câlineries.

D'abord, la bête m'observa, se léchant les pattes, se lustrant les moustaches après s'être repue. Puis au troisième jour, tandis que le feu était éteint et que j'étais recroquevillé sur le pont, la toile de jute sur moi pour m'isoler du vent et de la bruine, je sentis un pelage des plus doux caresser mon visage. Avec la souplesse d'un contorsionniste, le chat se faufila entre mon vêtement et la toile de jute pour se placer sur ma poitrine. Cette nuit-là, je dormis comme un roi.

L'animal ne me quitta plus jusqu'à la fin du voyage, miaulant dès l'aurore pour me réveiller, tricotant dans mes jambes la journée pour attirer mon attention. Je tirais de son affection une profonde gratitude et une grande fierté, du fait qu'elle n'était pas née par le ventre. Jamais je ne l'avais nourri. Nous n'étions pas liés par l'intérêt, mais par l'appréciation de notre chaleur mutuelle.

Le port de Shanghai à l'aube de la nouvelle décennie avait quelque chose d'irréel. Il y avait là plus de cargos que je pensais qu'il en existât sur Terre. Moi qui n'avais connu de la Chine que son ventre rural, je découvrais des monstres de métal hurlant, le dos chargé de tonnes de produits agricoles ou manufacturés à destination de contrées lointaines. Les grues de chantier de construction étaient plus nombreuses que les grues sacrées dont l'envol est une bénédiction. Et leur ballet de métal était signe de prospérité. Peut-être, grâce à elles, mon pays sortirait-il bientôt de la pauvreté. Telle était la nouvelle doctrine du progrès.

Je cherchai sur le port le cargo de commerce à bord duquel je devais embarquer. J'espérais qu'il ne s'agissait pas d'un navire transportant une matière interdite par les cinq commandements. Ne pouvant lire ma lettre de recommandation, je comparais le sigle qui y était représenté à ceux dessinés sur les carcasses des autres navires. Face à ces géants à la coque rouillée, je me sentais aussi minuscule que la fourmi. Les sirènes et sifflets retentissaient de tous côtés. Les hommes hurlaient. Sans repère, je craignis que les manutentionnaires pressés ne m'écrasent de leurs pas, ou que les ventres des bateaux ne m'engloutissent. Les hommes allaient et venaient le dos chargé de denrées comme des automates de bois à l'ombre des vaisseaux délabrés.

L'heure du départ approchait et je n'avais toujours pas trouvé le sigle ni le numéro écrits à la peinture rouge sur la coque du bateau que l'on m'avait décrit. Et s'il partait sans moi pour le grand océan, resterais-je ici, seul et minuscule ?

Soudain s'imposa à moi une cale jaune surmontée d'un pont blanc comme la neige des sommets, que couvrait un toit vert et au-dessus duquel flottait le drapeau rouge constellé d'étoiles jaunes de la Chine populaire. Jamais je n'avais eu le sentiment d'appartenir au parti, et l'idée de nation, si éloignée de mes préoccupations, m'était inconnue. J'appartenais à la terre que je foulais de mes pieds, je ne songeais guère plus loin. Mais à présent que je n'avais plus rien, je compris que je faisais partie d'un tout. Mon pays ne me quitterait pas, même si je voyageais ailleurs : j'emportais avec moi sa grandeur et sa ténacité. Tant que son drapeau flotterait au-dessus de ma tête, je ne serais jamais tout à fait perdu. Le vent se levait, et les étoiles du drapeau dansaient, tournoyaient, se contorsionnaient, prêtes à s'arracher, mais elles résistaient.

La cale de l'immense porte-conteneurs s'ouvrit et je pénétrai prudemment à l'intérieur de cette grotte sombre parmi une nuée de sciure, de plumes et de feuilles de thé. D'autres passagers embarquaient des volatiles dans des cages, canards et poulets entassés.

Des contremaîtres armés de longues tiges de bambou étaient chargés de mettre en ordre le ventre de la baleine qui nous avait avalés avant le départ, et de répartir les charges. Profitant de la confusion générale, je m'enfonçai plus encore, espérant trouver dans les entrailles de la bête le calme et la solitude salutaires pour cette traversée qui durerait près de trente jours.

J'étais adossé à des caisses de bois posées sur de la paille lorsque le moteur commença à ronfler. Il poussa un râle immense en nous arrachant au port de Shanghai. Toute la carlingue tremblait, et je redoutais que les cageots ne me tombent sur la tête.

La curiosité étant camarade de l'ennui, il s'écoula peu de temps avant que j'essaie d'ouvrir l'une des caisses. Votre esprit rationnel ne croira pas à ce que j'y ai trouvé. L'Occidental a besoin de preuves et d'arguments, l'esprit extrême-oriental se nourrit d'élégance, de la volonté embrassant la destinée. Or le sort se manifeste dans l'infiniment petit. Il ne vient pas forcément du ciel, mais quelquefois de la fourmi.

À l'intérieur des caisses, donc, caché sous un manteau de paille, une multitude de groseilles de Chine, des kiwis duveteux. L'Europe se découvrait une passion pour ce fruit originaire de mon pays. Pour la première fois depuis je ne sais combien d'années, j'éclatai de rire. La peur me tenaillait le ventre depuis trop longtemps, mais mon corps tout entier se relâcha. Je riais de mon insignifiance au milieu des mers, de l'incroyable aventure qui était la mienne : un jeune orphelin destiné à devenir moine taoïste, traversant les océans à bord d'un cargo chargé de kiwis.

— Et toi, où comptes-tu aller ? me questionna un des marins chinois.

Je baissai les yeux au sol, en signe de respect, et gardai le silence de peur qu'il me dénonce, et me fasse débarquer sur une terre dont même les insectes me seraient inconnus.

Il me tendit une cigarette que je refusai du même signe de tête.

— Détends-toi et prends un peu de bon temps, tu es dans les eaux internationales à présent !

Je le regardai enfin, interdit, ne comprenant pas ce qu'il me disait. Il cala sa cigarette dans le trou qu'il avait à la place d'une dent de devant. Il avait le teint de la couleur du cuir tanné.

— Ce n'est plus le droit chinois qui s'applique ici, mais le droit international. On peut faire ce que l'on veut. Ce qui se passe en mer… Y a que les poissons qui pourraient le dire ! Et tu sais quoi ? Ils ne parlent que japonais ! dit-il dans un grand éclat de rire, me faisant signe de rejoindre un petit groupe.

La fumée s'était formée en nuage sous une ampoule, au-dessus du cercle improvisé à même la cale. Il y avait là un Érythréen à la peau la plus noire que j'avais jamais vue, un Algérien, trois Égyptiens, une dizaine de Chinois et quelques Coréens. Les hommes avaient sorti des cartes froissées et se disputaient pour savoir à quel jeu jouer.

Je décidai de m'asseoir derrière le groupe de ma nationalité.

— Combien tu mises ? me demanda le marin qui était venu me chercher, tirant sur sa cigarette sans utiliser ses mains.

Sa dextérité n'avait d'égale que sa hardiesse. Je lui fis comprendre que je n'avais rien.

— Alors à quoi tu sers ? C'est le problème des moines, vous ne servez plus à rien. Tu sais ce qui compte aujourd'hui ? Ça ! argua-t-il me montrant des billets qu'il avait sortis de sa poche.

Le groupe acquiesça à ses propos, chacun posant à sa suite ce qu'il avait de pièces et de liasses.

— Ce n'est que du papier, osai-je lui répondre.

— Ce n'est pas que du papier, c'est bien plus… De l'argent ! dit-il d'un air triomphal, révélant, au fond de sa bouche, une dent miraculeuse en or. Avec de l'argent, tu peux acheter le monde ! L'or, les voitures, les terres et les femmes !

Ses propos me contrariaient au plus haut point. Jamais je n'avais imaginé que le Maître céleste pût ne servir à rien. Bien que ne faisant rien, ni ne possédant rien, il me semblait, par sa présence, contenir le tout. Je me demandais combien de billets il faudrait pour acheter le temple d'Or.

— Le monde change, si tu ne changes pas avec lui, il te laisse de côté, comme un souvenir, une vulgaire chique, dit le marin avant de racler sa gorge et de cracher juste à côté de moi.

Les billets qu'il avait étalés sur le sol, des francs, semblaient très appréciés des autres passagers. Un des autres Chinois s'en saisit et les sentit.

— Ah, ça sent déjà la France ! s'enthousiasma-t-il. Là-bas, près de chaque port, on trouve des établissements où l'on peut boire presque tout ce que l'on veut. Et après, tu peux te promener dans les rues et regarder les femmes passer. Tu verras plus de choses que tu n'en as jamais vues ! Leurs jupes dévoilent leurs jambes, elles les portent au-dessus des genoux ! Pas besoin de payer pour voir ! Mais il y a une chose que je n'aime pas... Elles ont de grands pieds, conclut-il en mettant des coups de coude dans le flanc de son voisin. De toute façon, toi, tu es haut comme le pangolin, toutes les Françaises sont plus grandes que toi. Elles peuvent voir le dessus de ta tête qui perd ses cheveux, plaisanta-t-il, tançant son camarade.

— Moi, je n'aime pas la France, dit le troisième en secouant sa tête, la sortant soudain de ses épaules comme la tortue sort son cou de sa carapace. Je ne pardonnerai jamais aux Français le sac du palais d'Été ! Le jardin de la Clarté parfaite, d'où notre empereur dirigeait, a été foulé et détruit par leurs sales bottes. Ils se sont associés aux Anglais pour nous faire la guerre. Ils ont envahi ce lieu sacré, l'ont saccagé, dévasté et pillé. Et pour quoi ? Pour notre opium !

— C'était il y a un siècle, tu n'étais même pas né ! le rabroua le marin, marmonnant à travers sa cigarette.

— Mais je m'en souviens quand même.

Les Chinois éclatèrent de rire, tandis que les Égyptiens et l'Érythréen se regardaient sans rien comprendre.

— Il n'y a qu'un seul Français que j'aurais bien voulu rencontrer, poursuit-il, Victor Hugo, parce qu'il nous a défendus.

L'homme se leva et, après avoir quelque peu tangué, s'éclaircit la voix, faisant taire par sa gravité toute l'assemblée, et se mit à réciter.

— Il y avait, dans un coin du monde, une merveille ; cette merveille s'appelait le palais d'Été. Bâtissez un songe avec du marbre, du jade, du bronze, de la porcelaine, charpentez-le en bois de cèdre, couvrez-le de pierreries, drapez-le de soie, faites-le ici sanctuaire, là harem, là citadelle, mettez-y des dieux, mettez-y des monstres, vernissez-le, émaillez-le, dorez-le, fardez-le, faites construire par des architectes qui soient des poètes les mille et un rêves des mille et une nuits, ajoutez des jardins, des bassins, des jaillissements d'eau et d'écume, des cygnes, des ibis, des paons, supposez en un mot une sorte d'éblouissante caverne de la fantaisie humaine ayant une figure de temple et de palais, c'était là ce monument. Il avait fallu, pour le créer, le lent travail de deux générations. C'était une sorte d'effrayant chef-d'œuvre inconnu entrevu au loin dans on ne sait quel crépuscule, comme une silhouette de la civilisation d'Asie sur l'horizon de la civilisation d'Europe.

Cette merveille a disparu. Un jour, deux bandits sont entrés dans le palais d'Été. L'un a pillé, l'autre a incendié. L'un des deux a empli ses poches, l'autre a empli ses coffres ; et l'on est revenu en Europe, bras dessus, bras dessous, en riant. Telle est l'histoire des deux bandits. Nous, Européens, nous sommes les civilisés, et pour nous, les Chinois sont les barbares. Voilà ce que la civilisation a fait à la barbarie.

Après avoir déclamé les mots du célèbre écrivain français, il se rassit, transpirant, s'essuyant le front d'un morceau de tissu qu'il sortit de sa poche.

— Moi, je te dis, conclut-il, la France trouve plein de raisons de faire la guerre. Elle nous séduit pour mieux nous détrousser.

— La France, c'est la liberté de faire ce que l'on veut ! renchérit le premier marin, se saisissant de la bouteille de whisky qui passait de bouche en bouche. On peut y vivre sans morale, sans obligations. On peut y aimer et y goûter tous les plaisirs ! Tout y sent bon le parfum. Libre, je te dis, sais-tu seulement ce que cela veut dire ? Ce serait un rêve de pouvoir vivre là.

— Ils sont arrogants ! Ils parlent plus qu'une pie au printemps ! De leur vin ou de leurs mots, ce sont leurs paroles qui risquent de te faire tourner la tête ! énonça un autre.

Les Égyptiens, auxquels l'Algérien traduisait la conversation, statuèrent que tant que les Français ne leur rendraient pas l'obélisque qui trônait sur la place de la Concorde à Paris, ils leur en voudraient.

— Si même les Français sont obligés de dépouiller les monuments des Égyptiens pour décorer leurs places, c'est bien que rien n'égale l'Égypte ! se congratulèrent-ils. Leur tour Eiffel risque de s'effondrer au moindre coup de vent ! Ils auraient dû mettre une pyramide à la place.

Mais ils étaient malgré tout de l'avis du marin : devant la démarche d'une femme de là-bas, on oublie tout de l'histoire et de ses rancœurs.

L'Algérien affirma qu'il y avait entre la France et l'Algérie un couteau, que certains tentaient de retirer de la plaie tandis que d'autres continuaient de l'y enfoncer plus profondément, personne ne sachant comment cautériser la blessure de la guerre.

— La France, ce n'est ni le plaisir ni la guerre, les arrêta l'Érythréen. La France, c'est le droit. Les droits de l'homme. On y naît libres et égaux. On n'y appartient pas à un clan, à une ethnie, à une religion. On a le droit d'être celui que l'on veut être. De chercher son bonheur. De dire la vérité. De manifester. De voter. Ah, moi, je vous le dis, on n'a rien trouvé de pire que la France, mais trouvez-moi un autre pays qui prendrait soin de vous si vous étiez malade, si vous cherchiez asile ? Quand la France vous tourne le dos, c'est comme si votre propre mère vous reniait.

Alors il relata son histoire.

— La guerre, cela brûle les têtes quand le vent souffle sur les braises de la colère et de la haine. Parfois, c'est l'étranger qui apporte le vent. Mais parfois le vent souffle à l'intérieur d'un même pays, d'une même famille. On n'a alors besoin de personne pour s'entretuer.

Il raconta comment ses parents avaient été exécutés sous ses yeux par des milices. Comment il avait ensuite été vendu, battu. Il nous montra les marques que le fouet avait laissées sur son dos, sa chair bourrelée à l'endroit des cicatrices. Comment il avait fui, se nourrissant de ce qu'il trouvait, craignant à chaque instant d'être retrouvé. Son rêve était de devenir français et d'étudier le droit, pour ne plus jamais avoir à supporter l'injustice. Il ne fumait ni ne buvait, il était assis en tailleur, et faisait passer entre ses doigts de petites billes reliées par un cordon, qui avaient la couleur du jade. Personne, sur Terre, n'était plus différent que nous ne l'étions, lui et nous, mais nous échangeâmes un sourire.

La fumée des cigarettes et les vapeurs de l'alcool me tournaient la tête. Les mots tourbillonnaient au rythme des langues et des flots.

L'homme humble ne cherche point à vanter son courage pour gonfler ses mérites. Ainsi je ne mentirai point en prétendant avoir conservé mon enthousiasme intact tout le long de la traversée. Mon estomac ne résista pas longtemps aux assauts de l'eau contre la coque, qui criait à se déchirer les entrailles par soir de tempête. Je passai nombre de jours le nez plongé dans une sorte d'écuelle que des âmes charitables me tendirent. Les marins m'enseignèrent le nom donné à mon état : le mal de mer. N'était-il pas risible pour un homme qui s'était donné pour but de voir l'océan de souffrir du mal de mer ? Je m'émerveillais que cet élément sacré qui nous donnait la vie pouvait également, par son simple mouvement, nous rendre malades.

Si je ne m'étais point senti poussé par des forces plus grandes que moi, j'aurais renoncé au voyage chaque jour de ce mois, durant lequel je ne sortis qu'une fois sur le pont, pour voir le passage du canal de Suez.

La veille de l'arrivée au canal, que les Égyptiens venaient de récupérer sur la Grande-Bretagne, le rythme des bateaux que nous croisions s'était accéléré : c'était à celui qui passerait en premier. Je voyais au loin, à la lumière rasante, les cargos s'engouffrer dans l'étroit ruban d'eau entre les sables, suivis d'une queue de bateaux crachant une noire fumée. Sur le pont, les Égyptiens triomphaient. « C'est à nous ! Voilà notre grandeur restaurée ! » Après plusieurs heures de progression sous haute tension, ce fut enfin à nous de passer le goulet d'étranglement du canal au milieu du désert. Depuis le pont, j'avais l'impression de dominer les terres arides à perte de vue, d'avancer au beau milieu de landes faites d'une poussière rocailleuse et scintillante, vierge de toute végétation. Le Seigneur de la pluie Yu Shi, qui produit la pluie en trempant la pointe de son épée dans une jarre d'eau, semblait s'être détourné à tout jamais de cette terre. Même la mer, qui pourtant la traversait, ne paraissait pas capable de la féconder.

Des hommes armés à la peau de la même couleur que le sable hurlaient des directives dans une langue aux sonorités affirmées. L'un d'eux monta à bord afin de procéder à des contrôles. Je lui tendis la lettre du Maître, mais je lus à son visage son incompréhension. Quelle valeur avait ici la main d'un Maître céleste de la montagne Sacrée de Wudang ? Je compris qu'il me questionnait sur ma destination, mais je ne la connaissais pas. L'océan infini, répondis-je simplement, espérant qu'il ne prenne pas ma sincère naïveté pour une ruse félonne. L'homme parut décontenancé. Alors un des Égyptiens qui étaient à bord vint à mon secours, échangea quelques mots avec le garde, lequel tourna les talons. L'Égyptien s'assit à côté de moi.

— Tu cherches l'océan infini ? Ne va pas plus loin, me dit-il, tu l'as déjà trouvé.

Au comble de l'excitation, je me levai d'un bond et tentai, sur la pointe des pieds, de voir au-delà du canal, la mer dans laquelle nous allions bientôt plonger.

— Regarde autour de toi. L'Égypte ! dit-il avec la fierté de l'homme qui tend à la face du monde son nouveau-né. La plus noble des terres, le berceau de la civilisation ! Tu cherches le *Noun*, et c'est en Égypte qu'il est né.

— Qu'est-ce que le Noun ? lui demandais-je avec avidité.

— Le Noun est l'océan primordial, celui par lequel tout est né ! Avant que le monde soit créé, il n'y avait qu'une vaste étendue d'eau immobile. Il n'y avait pas de forme, ni d'espace, ni de temps. Puis du flanc du Noun est sorti le dieu soleil Amon-Rê. Et Amon-Rê donna vie au monde pour la première fois. Depuis, chaque matin, Rê, dont la tête de faucon est recouverte d'un disque solaire protégé par un cobra dressé, sort de l'océan des origines pour redonner vie au monde. Il navigue sur sa barque tout le jour, quittant chaque soir le monde visible, pour replonger dans le Noun, s'enfonçant dans le monde invisible et nocturne. Toute vie est suspendue à sa réapparition. Car, chaque nuit, le serpent Apophis cherche à déstabiliser la barque solaire et à avaler le monde pour le plonger dans les ténèbres. C'est grâce au Noun que le jour se lève, que le soleil avance, que la vie continue. Si le Noun disparaissait, il n'y aurait plus de jour, mais une seule et longue nuit, celle dans laquelle s'éteindrait toute vie.

— Comment puis-je le voir ?

— Il ressemble à un homme barbu doté d'un corps bleu, aux seins femelles. Il tient dans une de ses mains un tronc de palmier, symbole de longue vie.

J'étais émerveillé par cette vision féerique d'une barque conduite par un être à tête de faucon recouverte d'un disque d'or, sur laquelle était dressé un cobra, accompagné par un homme bleu aux seins généreux, dont la longue barbe trempait comme une queue dans l'océan primordial. J'espérais secrètement les voir apparaître à la proue du cargo.

— Mais aucun mortel ne peut le voir, poursuivit-il. Car ce serait pénétrer dans le secret des dieux.

— Mais moi je veux voir l'océan infini !

— Savoir qu'il existe ne te suffit pas ?

— Je ne veux pas penser l'océan, ni voir celui imaginé par les hommes. Je veux voir l'océan infini lui-même, me trouver en face de lui et le questionner. S'il ne me parle pas, jamais je ne pourrai rentrer chez moi, frissonnai-je, soudain pris d'une terrible crainte.

— Alors je te souhaite de le trouver. Mais prends garde de ne point le froisser : celui qui donne la vie peut aussi la reprendre. Rien n'égale son pouvoir, me dit-il, se préparant à débarquer.

Le porte-conteneurs repartit. L'Égyptien ne ressemblait bientôt plus qu'à un grain de sable dans le lointain. Enfin, une autre mer s'offrit à nous, la Méditerranée. Sa couleur était semblable à celle des poissons que l'on nomme maquereaux. Je ne savais pas si ses tons étaient verts, bleus ou violets, car en quelques secondes, son reflet changeant sous le soleil avait pris une teinte rose ou grise.

Tous les pavillons du monde flottaient au-dessus du port de Marseille au bout de longues hampes, donnant à l'endroit un air de fête et de célébration. De la France, je n'avais aucune connaissance. La sonorité de son nom avait quelque chose de résolu qui sonnait comme une affirmation, un prédicat de la probité. Avec ses libres penseurs, ses femmes, ses marques, ses plaisirs, et tout ce dont les hommes, sur le bateau, m'avaient parlé, ce pays avait quelque chose de défendu. Et s'il allait me contaminer de sa rebelle liberté ? S'il allait me pousser à devenir un mauvais Chinois ? Mon être tremblait tout entier. La France avait le goût d'un fruit délictueux.

Mes poches étaient aussi vides en débarquant qu'en quittant la Chine un mois auparavant. Seul un bout de papier avec le nom du monastère où je devais séjourner, sur les bords de l'Atlantique, ne me quittait jamais. Un des prêtres, m'avait dit le Maître, m'attendrait au débarcadère.

Déjà les hommes déchargeaient la précieuse cargaison, vociférant à qui serait le plus fort, leurs pas résonnant sur le pont comme des sabots galopant à vive allure. Leurs gestes étaient désordonnés, rapides, leur bouche se tordait, ils éructaient leur salive en se tapant dans le dos. Tous faisaient près d'une tête de plus que moi, je me sentais comme un faon au milieu d'un troupeau de buffles.

Les visages m'étaient étrangers. Je ne comprenais pas leurs expressions, ne parvenais pas à lire leur âme. En Chine, les visages ressemblent à des idéogrammes calmes et sereins. Nous ne portons pas nos émotions sur nos traits, il faut savoir interpréter avec subtilité un regard détourné, une tête inclinée.

Certains nez ici avaient la forme des plus audacieuses cucurbitacées. Les poils colonisaient la partie inférieure des visages, quand ils ne se dressaient pas comme deux épis au-dessus des yeux. Un de ces étranges modèles au gabarit disproportionné ordonnait le tri des denrées sur le quai. Ses yeux avaient la couleur de la mer que nous venions de traverser. Je me plantai devant lui sans pouvoir m'empêcher de l'observer.

Jamais je n'avais vu d'iris bleu, c'était là pure magie. J'agitai la main devant lui, craignant qu'il fût atteint de cécité. Le géant aux yeux clairs s'avança vers moi, mâchonnant un mégot. Tout à ma contemplation, je le félicitai en lui disant que le ciel et la mer avaient dû convoler en justes noces pour enfanter de la couleur de ses yeux. Je m'inclinai alors vers lui en signe de respect. Mais voilà qu'il relevait ses manches, les yeux virant à l'orage.

Quel bon à rien ! À peine le pied posé sur une terre étrangère, que j'offensais le premier habitant qui m'accueillait ! Je cherchai désespérément sur le quai le moine qui était supposé venir me chercher ; personne. Je fus pris de panique. J'étais seul face à une bête enragée. Ses avant-bras aussi poilus que la patte de l'ours, avec une créature chimérique au corps dénudé de femme et à la queue de poisson tatouée dessus, faisaient la taille de mes cuisses. Afin de lui prouver que je ne cherchais pas querelle, je lui tendis le morceau de papier que je sortis de ma poche et tentai de prononcer le nom qui y était écrit.

— Michel… Michel…, répétai-je.

— Michel ?

L'ours s'arrêta net, songeur. Puis il grogna en direction d'un chargement. Un autre ours brun rétorqua « Ouais quoi ? » avant de sortir de derrière les palettes et de s'approcher.

— Qu'est-ce qu'il y a ? grogna-t-il à son tour.

— Y a le gamin qui t'appelle.

Par tous les dieux, qu'avais-je fait ? Je n'avais prononcé qu'un mot et le monstre s'était dédoublé. Je craignais d'ouvrir à nouveau la bouche.

— Ben quoi, t'as perdu ta langue ? Tu voulais voir Michel, le v'la.

Je secouai la tête.

— Il te plaît pas, ce Michel-là ? J'en connais pas d'autre, va falloir faire avec.

— C'est ma gueule qui te revient pas ? fit le Michel, s'avançant vers moi, prêt à me dévorer.

C'en était fini de moi.

Un homme à la longue tunique noire et tenant une canne, jusqu'alors immobile, s'interposa. Il avait l'air d'un corbeau à trois pattes. L'apparition me sembla de bon augure, car les ours ôtèrent leur béret et le saluèrent avec déférence.

Le corbeau qui me faisait face était le maître du monastère qui allait m'accueillir le temps de mon séjour, et qu'on appelle ici abbé. Je ne connaissais rien à son ordre ni à ses croyances, mais je me sentis immédiatement apaisé à ses côtés. Je le suivis jusqu'à une automobile dont le sigle apposé sur l'avant était un lion dressé sur ses pattes arrière.

Dans la Chine antique, il y avait dix soleils, correspondant aux dix jours de la semaine. Tous étaient les fils du dieu du Ciel oriental et de la déesse du Soleil, Xihe. Celle-ci avait pris la forme d'un corbeau à trois pattes et habitait dans un mûrier. Xihe conduisait chaque matin à bord de son chariot un seul de ses fils jusqu'au bord du ciel, pour qu'il réchauffe et illumine la Terre. Puis elle le ramenait à la fin de la journée, sa tâche achevée, veillant chaque nouvelle aube à prendre un autre de ses fils, afin de ne faire aucun jaloux. Un jour, les dix soleils, las d'attendre leur tour, se rebellèrent contre leur mère, et décidèrent d'aller ensemble au bord du ciel. Leur joie de pouvoir enfin briller en même temps était telle que, le soir venu, ils refusèrent de redescendre pour se coucher. Hélas, ils étaient inconscients de leur puissance : leur chaleur combinée brûla les récoltes, assécha les sols et les rivières et fit fondre des rochers. L'empereur, après avoir tenté en vain de les raisonner, impuissant, désespérant de trouver une solution, ordonna au seigneur archer, Shen Yi, de régler par la force ce que la raison n'était pas parvenue à obtenir. Shen Yi décocha les flèches de son arc et abattit un par un les soleils. Chacun, en tombant du ciel, se transforma dans sa chute en corbeau à trois pattes. Lorsqu'il ne resta plus qu'un seul de ses fils là-haut, Xihe demanda au seigneur archer de l'épargner et d'avoir pitié de son cœur de mère.

« Saint Michel », me dit l'abbé à trois pattes en m'ouvrant la portière avant de sa voiture. Ainsi nous partîmes en direction de l'ouest, vers le grand océan.

Je ne saurais dire le nom des villes et des villages que nous avons traversés : je dormis pendant une grande partie du trajet, heureux d'avoir retrouvé la terre, même si celle-ci m'était encore étrangère. Par la vitre défilaient tôle, bitume et béton. Rien ne ressemblait à ce que je connaissais. Tout s'imposait à moi, je ne savais où regarder. Les mets délicieux présentés sur d'immenses panneaux le long de la route, des femmes au corps dévoilé marchant le long des rues, les vitrines des échoppes remplies de meubles, de vêtements, de voitures, à perte de vue ! C'était comme si tout ce qui apparaissait devant moi réclamait mon attention. J'étais traversé par un sentiment étrange, je voulais toutes ces choses. Moi qui n'avais jamais eu l'impression de manquer de rien, j'avais soudain la sensation de manquer de tout.

Nous arrivâmes de nuit au monastère par un chemin escarpé et cahoteux longeant une falaise qui tombait à pic dans l'océan, lequel, à cette heure tardive, se dérobait à mon regard et n'apparaissait que comme une grande étendue noire. Je l'imaginais bleu, vert, doré, curieusement magique, il était sombre et inanimé. Je refusais de le regarder, ce ne pouvait pas être cela, l'océan. Tel le soleil, il s'était couché, je ne pouvais contempler que le vide qu'il avait laissé. L'abbé me désigna d'un geste de la main un rocher, en contrebas, relié à la route par un bras de terre.

— Le rocher que tu vois était dans les temps anciens consacré à Bélénos, le dieu gaulois que l'on appelait « le Brillant ». En son sommet se trouvaient neuf druidesses. Elles donnaient à ceux qui partaient vaillamment naviguer sur l'océan des flèches qui avaient la vertu de calmer les orages, à la condition qu'elles soient lancées, lorsque la tempête faisait rage, par un jeune homme de vingt et un ans ayant conservé sa virginité. Le vaisseau de retour à bon port et l'équipage sauf, une des prêtresses descendait s'immerger et faisait corps avec l'océan pour le remercier d'avoir gracié les hommes. Mais un jour, des marins enivrés s'en prirent aux prêtresses et les souillèrent de leur vulgarité. Alors l'océan entra dans une si forte colère qu'il fit s'abattre une vague gigantesque qui recouvrit la baie et emporta tout de la ville, des marins, de leurs bateaux et de leurs tripots. Seules les dévotes prêtresses, qui priaient en chœur, furent épargnées. L'eau les traversa sans leur ôter la vie. Alors sur ce rocher, en son milieu, fut bâti notre monastère.

Le Maître n'aurait pu choisir pour mon séjour lieu plus approprié ! J'avais l'océan à mes pieds. Le monastère, un amas de pierres polies par le temps, dentelées par les hommes, posées au-dessus de la mer, était l'exact opposé des temples des monts Wudang, dressés sur le plus haut point d'une montagne entourée de forêt, de l'autre côté de la Terre.

J'acquiesçai au récit du moine d'un mouvement de tête discret, sans oser lui montrer mon transport. Mais je ne pouvais, à mon habitude, retenir les questions qui volaient dans ma tête ; les oiseaux fous avaient pris leur envol.

— Pour vous aussi alors, l'océan est un dieu ? lui demandai-je tandis qu'il garait la voiture.

— Il n'y a pour nous qu'un seul dieu, celui qui créa toute chose. Mais la mer est l'alliée de sa création. Le Livre saint relate ainsi les débuts de la vie : « La Terre était un chaos, elle était vide ; il y avait des ténèbres au-dessus de l'abîme, et le souffle de Dieu tournoyait au-dessus des eaux. » Au premier jour, Dieu créa la lumière, et la sépara des ténèbres. Au deuxième jour, Dieu dit : « Qu'il y ait une voûte au milieu des eaux pour séparer les eaux des eaux ! » Dieu fit la voûte ; il sépara les eaux en deux. Il appela la voûte « ciel ». Au troisième jour, Dieu dit : « Que les eaux qui sont au-dessous du ciel s'amassent en un seul lieu, et que la terre ferme apparaisse ! » Ainsi le monde fut créé.

— Mais alors, Dieu créa l'océan en premier, avant même le jour, le ciel et la Terre ?

Le moine, claquant la portière derrière lui, ne m'entendit pas. Je le suivis à l'intérieur du monastère en direction de ma cellule, me demandant si, en Occident, le souffle de Dieu tournoyait toujours au-dessus des eaux et si je le verrais le lendemain dès le jour levé. Était-ce lui qui devait me parler avant que je ne puisse rentrer ?

Le monastère des Cinq Immortels était entièrement ouvert sur la montagne alors que celui-ci était clos, replié sur lui-même par quatre murs qui abritaient un jardin miniature en son sein.

L'abbé ouvrit la porte de ma chambre qui ne contenait qu'un lit en fer recouvert d'une couverture rouge. Il me tendit son livre, dont il avait trouvé à mon intention une édition en mandarin. Je me courbai en signe de déférence, n'osant pas lui avouer que je ne savais guère lire, pas même en ma propre langue.

— Comment reconnaîtrai-je le souffle de Dieu sur l'océan ?

— C'est lui qui te reconnaîtra, et tu sauras, me répondit-il avant de refermer ma porte.

> « Tourné vers le vaste océan du Beau et le contemplant, l'homme pourra enfanter une foule de beaux et magnifiques discours ».
>
> Platon

Les yeux à peine ouverts, j'enfilai mon vêtement et traversai le réfectoire des moines auxquels je ne prêtai aucune attention. Je ne voulais rien voir d'autre que l'eau infinie.

Je descendis à rapides enjambées les marches du monastère, des ruelles, et dévalai la dune à l'abri de laquelle était l'océan. Je faisais attention à garder la tête baissée afin de ne découvrir l'étendue infinie qu'arrivé à sa frange. Les grains de sable roulaient sous mes pieds et se mêlaient aux herbacées. Sur la frange de l'eau, l'herbe avait renoncé, tout n'était que minuscules grains de sable. J'emplis mes poumons d'air marin et fermai un instant les yeux, goûtant au vertige qui précède l'immense. Aucun son ne troublait cette plénitude, comme si l'océan lui-même se taisait. J'étais en dehors du temps.

La France commençait vraiment ici, sur cette plage. Je décidai de compter jusqu'à trois. Alors, à la faveur de la brise encore chargée d'aube, je levai la tête. En face de moi, une lande tricolore aux couleurs presque irréelles : le sable d'or, la mer d'un bleu vert profond, qui tout au bout de sa course allait embrasser le ciel léger de ce matin de septembre.

Toute verticalité avait disparu. Aucun arbre, aucun humain, aucune roche ni montagne. La lande, la mer, le ciel. Comme si tout se prosternait devant l'océan. Devais-je, afin de l'entendre me parler, moi aussi rejoindre l'horizontalité, me coucher face à lui ?

Je sentais sa présence, mais je ne le voyais pas. L'océan, sans doute prévenu de ma venue, s'était retiré au loin. Le sable sous mes pieds était encore mouillé. Je m'allongeai, le visage tourné vers le ciel, afin de tenter de le convoquer en me fondant dans les éléments. Au bout d'un certain temps, je vis qu'il avait reflué plus encore vers l'horizon.

Peut-être l'océan voulait-il que je le rejoigne ? Après tout, c'est au plus jeune de marcher dans les pas de ses aînés. J'avançai alors dans sa direction, laissant la dune loin derrière moi. Le sable doré se fit dur. Des morceaux d'océan se formaient à sa surface, des flaques retenant en leur sein l'indomptable élément. Je les évitai soigneusement, me réservant au grand océan.

Au loin, comme un mirage miroitant dans le désert, se dressait à la lisière du ciel une montagne qui semblait s'affaisser sous le temple qui la couronnait. Il paraissait tendre vers les nuages tant il s'élevait haut et une flèche aiguë prolongeait sa cime. Le mont Saint-Michel dominait son dais de brouillard et se perdait dans la chaude lumière. Il était, comme moi, entouré de vastes solitudes.

Enfin l'océan m'apparut. Les rayons du soleil ondulaient à sa surface, lui conférant l'éclat des pierres précieuses dont se parent les femmes de haut rang. Chaque particule scintillait dans une féerie de lumière. L'eau était parcourue de frissons comme une peau sous l'effet d'une brise fraîche, d'une caresse. Une blanche écume traversait les flots, y dessinant les nervures du marbre, puis formait des nuées blanches et légères en son milieu, qui se gonflaient, s'étiraient, et s'enroulaient sur elles-mêmes comme l'escargot dans sa coquille avant de rouler jusqu'au bord pour venir éclore à mes pieds. La vague qui vint frôler mes orteils nus me fit sursauter.

L'océan rugissait tel le tigre qui, rassasié et conscient de sa puissance, s'apprête à s'endormir. Sans doute m'intimait-il de ne point trop l'approcher. Une ligne d'écume déposée sur le sable délimitait son territoire. Je décidai de le respecter et me postai un peu en retrait.

J'étais venu pour obtenir une réponse et debout, lui faisant face, j'écoutais ce qu'il avait à me dire. Pourquoi s'était-il manifesté dans l'ultime songe de ma mère ? Je tendis l'oreille mais ne perçus qu'un grondement, j'ouvris les yeux plus grands mais je ne vis qu'un horizon.

Soudain, mes pieds m'enfoncèrent dans le sable jusqu'aux chevilles ! Peut-être étaient-ce des sables mouvants ? L'océan se protégeait ainsi des intrus en piégeant ceux qui osaient trop s'en approcher ! Je craignais de sombrer jusqu'aux genoux et me débattis pour me défaire de ce sable sournois.

Le Maître m'avait enseigné la respiration, faisant taire en moi toute pensée, toute contrariété. Ainsi, pensai-je, je pourrais mieux entendre l'océan me parler. Je m'assis en tailleur, les yeux fermés, et je laissai aller l'énergie à l'intérieur de moi, l'encourageant dans son mouvement par de généreuses inspirations.

Quelque chose, hélas, dissonait et me faisait perdre ma concentration. Le murmure des ondes qui allaient et venaient sur le sable n'était pas en rythme avec ma respiration. Je tâchai de vaincre cette distraction en respirant plus amplement, afin que mes oreilles ferment leurs écoutilles à la rumeur du monde extérieur. Mais l'océan imposait à ma respiration sa propre cadence. Ses vagues déferlaient avec une harmonie parfaite, sans à-coups. Un métronome divin. À côté, ma respiration n'était que le bourdonnement de la mouche à l'oreille de l'éléphant.

Je forçai encore pour que mon inspiration devienne aussi profonde que la sienne et pour défier l'océan. Peut-être devait-il me reconnaître avant de me parler. Les mains posées sur mes genoux, les narines grandes ouvertes, j'inspirai tout l'air qui planait au-dessus de lui, emplissant le moindre espace de mon corps, et expirai de tout mon saoul, abaissant mes côtes, visualisant la moindre once d'air qui quittait mon corps. Rien n'y faisait, la mesure de l'océan s'imposait à tout mon être.

J'ouvris les yeux pour mieux embrasser cette immensité qui me résistait. Quel sort se jouait de moi ? L'océan qui tantôt était à mes pieds avait disparu ! Il s'était encore éloigné et avait reflué plus loin dans la lande de sable. Refusait-il ma présence ? Piqué au vif, je le suivis dans ses traces, bien décidé à ne pas le laisser m'échapper. Je m'assis à nouveau au bord de son écume frémissante. Son clapotis piaffait devant moi.

Laissant de côté mon sentiment de vexation, je fermai encore les yeux et repris ma méditation, certain de ne plus me laisser déborder une fois encore par sa respiration. Je tendis l'oreille, espérant un aveu, une confidence, mais rien ne vint. « L'homme sage ne presse point la nature, la nature elle-même ne se presse pas, et pourtant la nature accomplit bien plus que l'homme sage ne peut », m'avait dit le Maître. Ainsi tâchai-je de faire disparaître de mon esprit toute notion d'empressement. Quelle valeur aurait la parole de l'océan ainsi dilapidée au premier venu ? L'arbre doit d'abord être graine, avant de pouvoir nous offrir ses fruits, dont seul celui qui a la patience nécessaire boira le jus.

Je devais faire montre de persévérance pour que l'eau infinie agrée ma présence. Les fourmis parcouraient mes jambes et le sable me grattait. J'avais envie de me secouer. Mais je ne voulais faire aucun geste de crainte de l'effaroucher. Cependant, l'océan ne me fuyait plus, je le sentais. Sa respiration se faisait plus présente, comme s'il s'approchait de moi pour me humer. Je sentais ses gouttelettes sur mon visage et mes cheveux. L'écume s'aventurait à présent jusqu'à mes pieds. L'océan me tâtait, me goûtait, pour voir si j'étais digne de confiance. L'écume faisait rouler à mes pieds de petits cailloux qu'elle remportait ensuite avec elle, avant de me les renvoyer avec plus de force. J'étais hypnotisé par ces roches qui disparaissaient dans les remous, puis s'écrasaient au sol en roulant sur la grève, avant d'être aspirées à nouveau. Les paupières closes, je suivais avec mes autres sens leur mouvement incessant.

J'avais amadoué l'océan, pensai-je, victorieux. Je le sentais tout autour de moi. Il était si proche que j'avais la sensation d'être mouillé. Les fourmis m'avaient quitté, je me sentais léger. J'étais en apesanteur.

Soudain l'écume se solidifia et m'asséna une gifle cinglante ! Un mur de mer venait de s'abattre sur moi. J'ouvris les yeux à la recherche de repères, mais j'étais emporté, je ne vis rien que du brouillard en mouvement. Il n'y avait plus d'horizon ni de soleil ni de dune, tous les éléments avaient changé de place et tournaient autour de moi.

J'étais un de ces petits cailloux, jouet inanimé, je roulais et boulais avant d'être attiré vers le ventre de la vague. Je me débattais, mes gestes n'avaient nulle force. J'ouvrais la bouche pour respirer mais, la face contre le sable, je n'ingérais qu'une eau si salée que je crus mourir. Je sentais, à l'intérieur de moi, mes poumons se rétracter.

J'essayai de battre des pieds pour remonter à la surface, mais où donc était-elle ? Il n'y avait plus d'en haut, plus d'en bas, tout n'était que tourbillon. Mon vêtement ample gênait mes mouvements et se plaqua bientôt sur mon visage, si bien que j'étouffais. Je cessai alors de me débattre, acceptant mon sort et acceptant d'être le jouet des vagues.

Pour le Nouvel An, lorsque j'étais enfant, ma mère m'emmenait près de la maison d'un homme fortuné du village, qui avait un bassin de carpes koï. Il y en avait aux écailles d'or, d'autres blanches, ou encore rouges à taches jaunes, toutes plus grandes que mon bras et évoluant parmi les plantes et les tortues. Nous nous asseyions au bord du bassin et discutions là, observant leur mouvement lent.

Ma mère m'avait alors raconté que, chaque année, les carpes koï tentent de remonter le tumultueux fleuve Jaune pour atteindre l'infranchissable porte du Dragon. Selon la légende, trois petites carpes, une rouge, une noire et une dorée, à force de détermination, de persévérance, de courage et de solidarité, réussirent à franchir la porte. Ainsi eurent-elles le privilège d'être transformées en dragons par l'Empereur céleste et de devenir un symbole de réussite.

Repensant à ce bassin au-dessus duquel je me penchais tandis que ma mère me retenait pour m'empêcher de tomber, je songeai à l'agilité des carpes koï. Elles ondulaient sans but avec aisance et sérénité, dans l'incertitude d'une eau saumâtre où l'on ne distinguait rien. Alors j'acceptai de me laisser traverser par le courant, de ne plus distinguer l'horizon, le haut et le bas, de ne plus voir devant moi, de ne pas être l'élément dominant en cet instant, d'être la carpe koï. La peur me quitta, l'océan me recracha. Sans doute n'étais-je pas encore assez mûr.

Je repris connaissance, étendu sur le dos, les cheveux pleins d'algues gluantes. Un pêcheur, qui avait assisté à la scène, s'affairait à me faire régurgiter l'eau salée dont je m'étais gorgé. Incapable de parler, je désignai du doigt le monastère où je logeais, de l'autre côté de la baie. L'homme, au visage aussi rond que son ventre et au crâne dégarni, poussa sa besace sur son flanc gauche, me tira par le bras et me chargea sur son flanc droit ; ainsi il me soutint, laissant là sa canne et ses appâts.

Tandis que nous remontions cahin-caha, je songeai que, puisque je m'étais pris pour une carpe, il n'y avait rien d'étonnant à ce qu'un pêcheur ait fini par m'embarquer.

C'est ainsi que j'appris à mes dépens l'existence des grandes marées, lorsque l'océan, las de s'être contenu trop longtemps, ouvre la porte à ses emportements. Il n'était nullement venu à ma rencontre, ni n'avait cherché à m'éviter : il va et vient au gré de ses envies.

L'abbé, me voyant arriver détrempé, courut à notre rencontre, puis, écoutant le récit du pêcheur, partit dans un grand éclat de rire, révélant au fond de sa bouche une dent faite d'argent.

— Te voilà baptisé ! me dit-il, me tendant un drap rugueux pour me frictionner.

Devinant mon ignorance à ma mine interdite, il ajouta :

— Vois-tu, la Terre sainte était un désert, parcouru par un fleuve, le Jourdain. Celui-ci traversait le lac de Tibériade et serpentait par des méandres interminables jusqu'à la mer Morte où tout était désolé. C'était un fleuve modeste, sur lequel on ne pouvait naviguer, mais un fleuve fertile et généreux, faisant de sa vallée une terre d'abondance, un océan en plein désert de Judée. Celui que franchit le peuple israélite pour arriver à la Terre promise après sa longue traversée du désert, pour atteindre enfin la liberté. Un homme nommé Jean parut. Il proclamait l'immersion dans ses eaux pour le pardon des péchés et la purification de son être. Jésus le Nazaréen s'avança un jour vers les eaux du Jourdain et s'y plongea entièrement. Alors il vit une colombe apparaître: Il y eut une voix venant des Cieux : « Tu es mon Fils bien-aimé, en toi je trouve ma joie. »

J'aurais tout donné pour entendre la voix de ma mère m'appelant encore son fils bien-aimé. Je me rapetissai sur mon siège.

— Je ne suis la joie de personne, à présent que je n'ai plus de famille. Aucune voix ne m'a parlé, me lamentai-je.

— Peut-être, mais le pêcheur qui t'a sauvé s'appelle Jean, me dit-il en souriant.

— Et je n'ai pas vu de colombe non plus, seulement une mouette.

— Une mouette ? fit le prêtre, surpris, avant de marquer un temps.

Les larmes me montaient après cette rencontre qui s'était soldée par mon humiliation.

— Cela compte, pour sûr ! C'est que tu es sur la bonne voie ! me rassura-t-il avant de me quitter.

J'étais inconsolable. La mer m'avait fui, je lui avais couru après, elle m'avait avalé puis recraché comme la peau d'un fruit. Je voulais ma revanche. Cette nuit-là, même le sommeil se détourna de moi.

Le lendemain, dès le petit jour, je dévalai de nouveau la dune, puis m'installai à saine distance de l'océan, déterminé à l'observer pour en découvrir les failles sans m'en faire surprendre. Je m'assis sur le sable sec, à la limite des grains mouillés agglutinés les uns contre les autres comme faisant corps pour, eux aussi, mieux lui résister.

Aucune brise ne venait troubler la surface de l'eau qui avait la clarté du jade. Le remous de l'écume, au bord, se faisait discret, il semblait chuchoter. Qui, face à tant de beauté, aurait pu douter un instant que l'océan fût inoffensif ? Je ne cédai pas à sa séduction trompeuse et conservai la bonne distance.

C'est alors que je remarquai des cheveux blonds flottant vers la lagune. Elle devait avoir mon âge, bien que la distance m'empêchât d'apprécier son visage, caché à moitié par de longues mèches qu'elle ne prenait même pas la peine de balayer de ses mains. Elle ne semblait pas se préoccuper de les attacher ou de les coiffer, les laissant virevolter librement pleins d'embruns, indifférente au jugement d'autrui. Il y avait dans ces cheveux une liberté iodée.

Elle empruntait le chemin le plus escarpé, qu'elle semblait connaître les yeux fermés. Il y avait tant de grâce et de légèreté dans son mouvement que son passage me détourna de l'océan. Peut-être habitait-elle ici, dans la baie du Mont-Saint-Michel. Allait-elle à l'école, avait-elle des parents, comme les autres enfants d'ici ? Elle ôta ses chaussures qu'elle balança au loin, derrière ses épaules, s'assit sur le rebord de la dune, là où la terre formait un promontoire, comme un balcon suspendu au-dessus de la mer. Elle laissa aller librement ses jambes nues au-dessus du vide. Nichée dans son tricot d'épaisse laine qu'elle tira jusqu'à ses genoux, on aurait dit un oiseau sur un perchoir. Je me sentis d'abord embarrassé de partager mon océan avec cette présence, puis me ravisai. Les oiseaux, dans mon pays, sont un excellent présage, et l'océan était bien assez grand pour nous deux.

Le ciel éclatant était traversé de petits nuages ressemblant à des animaux fantasmés. Sous eux, l'eau semblait plus foncée, révélant une profondeur insondable. De minuscules poissons passaient soudain, révélés par un rayon de lumière. Le soleil faisait étinceler l'étendue inerte, si bien qu'on aurait dit que la mer tout entière luisait. Puis il se dissolvait dans l'eau, les deux éléments paraissaient s'épouser pour ne faire qu'un. De petites vagues s'enflaient au large puis déroulaient leur ondulation jusqu'au bord tandis que la lumière les accompagnait jusqu'à mes pieds. Je ne faisais plus qu'un avec ce que je voyais. Je m'étais levé en pensant résister à l'océan, mais cette vision infinie de la mer illuminée me happa entièrement, je ne cessais de la contempler.

Je vis s'approcher puis refluer deux fois l'océan dans la journée. Quel phénomène étrange que la marée ! Quelle force anime donc les flots pour qu'ils fassent corps et se gonflent soudain, sans qu'aucune cause extérieure ne les provoque, et viennent couvrir le rivage pour s'approcher si près des humains ? L'océan allait et venait, tandis que je l'attendais à l'orée du sable mouillé. Jamais il ne se trompait dans son chemin ni ne dépassait la limite qu'il s'était fixée. N'en avait-il jamais assez d'un tel ballet ? Quel être peut accomplir mille fois le même mouvement de la même perfection et sans jamais se fatiguer ? La puissance qui l'animait était-elle à l'origine du jour et de la nuit, des floraisons et des saisons ? Quelle divinité se cachait donc au fond de l'océan ? J'avais voulu sauter en pleine mer et chevaucher ses vagues, mais la ruade m'avait désarçonné.

Pour comprendre la mer, il faut résister à toute tentation d'action, il faut observer ses rythmes. À présent que je m'apaisais, mon être s'ouvrait.

L'eau et la Terre furent créées en même temps. Tout ce que nous voyons semble solide à nos yeux, mais il n'en est rien. Ni l'eau ni la terre ne sont des éléments, ils ne sont que mouvement. Depuis leur naissance, ni la Terre ni l'océan ne se sont arrêtés un instant. Songez à ce miracle. Imaginez que vous voyez, avec la marée, la respiration de la Terre, au rythme incessant depuis des milliards d'années. Avant même que les montagnes aient été formées, que le lit des rivières ait été creusé, l'océan respirait. Le ressac était semblable à mon souffle, car toute chose créée possède le souffle de vie.

Alors la marée ne me sembla plus si étrangère. Elle animait ces rivages depuis toujours. C'était moi, l'étranger. Je n'étais qu'une brise passagère au milieu de la grande respiration de l'océan. Je trouvais cette idée rassurante. J'étais face à quelque chose de plus grand, de plus infini que moi, qui m'englobait. Je n'avais plus à me soucier de rien, je n'étais pas l'origine du mouvement, je n'étais qu'un de ces grains de sable lavés par la marée.

Il y avait pourtant sous cette vérité quelque chose de douloureux. Si l'océan respirait avant moi et il devait le faire encore bien longtemps après moi, si mon souffle ne lui était pas nécessaire, s'il était indifférent à mes atermoiements, alors je n'étais pas au centre du monde ?

Bien sûr que je ne l'étais pas, ma tête le savait, mais une partie de mon être le refusait. À seize ans, si l'on n'est pas le centre de son monde, on n'est pas.

Mon cœur n'était pas prêt à accepter le fait que je n'étais que de passage et que le monde s'en trouverait inchangé. Si je disparaissais demain, le souvenir de ma mère s'éteindrait-il lui aussi ? Qui se rappellerait ses pieds bandés qui vaillamment allaient chaque jour arpenter les champs pour nourrir son enfant ? Qui se souviendrait du goût des kiwis qu'elle rapportait ? Qui témoignerait que nous avons tous deux existé ?

Je cessai de résister. D'instinct, ma respiration se cala sur le rythme de l'océan. Les deux se couvrirent l'un l'autre en une symbiose parfaite. C'était comme si mon corps avait attendu cette mesure toute sa vie, je ne forçais rien, je ne retenais rien, je me fondais en elle. L'océan me faisait respirer bien au-delà de mes limites. Mes côtes s'ouvrirent et mes poumons s'emplirent d'un air nouveau qui venait de l'horizon. Celui que j'expirais avait parcouru tout mon être. Il purifiait, rejetant toutes les tristesses et les peurs. Je respirais au-delà de mon corps.

L'océan était en cet instant l'image même du calme et de la force tranquille. J'attendais la révélation, j'attendais que la mer me parle. Hélas, elle se tut.

L'immobilité de l'eau provoquait en moi un agacement. Comment pouvait-elle être si calme quand je ne l'étais pas ? On n'empêche pas plus une pensée de revenir à soi que la mer au rivage. Pour moi, cette vision, c'était ma mère. Je tentais de méditer, de regarder l'horizon, cherchant à m'élever, à cesser d'être comme je suis. Je voulais cesser d'être moi, ne plus avoir de passé, n'être qu'un présent radieux, être la jeune fille blonde sur son rocher, prête à s'envoler et que rien ne semblait retenir. J'étais, hélas, toujours là.

Au temple des Cinq Immortels, des enfants de la moitié de mon âge restaient assis des heures sur une brique à méditer. Ils maîtrisaient les arts martiaux et la calligraphie. Jamais je ne les voyais pleurer après leur mère. Pourtant, n'en avaient-ils pas une, eux aussi ? Comment faisaient-ils pour accepter, si tôt, de ne plus jamais la voir autrement qu'en souvenir ? Moi, j'avais eu besoin de venir jusqu'ici pour écouter l'océan, et je n'écoutais que ma propre insatisfaction. Pourquoi donc étais-je fait ainsi ?

Comme le Maître serait déçu de me voir aux prises avec mes pensées ! Peut-être mon grand-père avait-il raison : je n'étais bon qu'à rester assis le nez en l'air, je n'étais d'aucune utilité pour ma communauté. Bientôt la marée remonta. Je me sentis moins seul. L'océan m'apaisait, même si je ne comprenais pas tout de sa présence.

Bientôt, le soleil descendit du Grand Ciel jusqu'à se poser, lentement, à la surface de l'eau qui à son contact changea de couleur. Je ne sais lequel des deux, du ciel ou de la mer, se colora de rose et d'orange et teinta l'autre, mais ils se répondaient en miroir. Si bien que, un instant seulement, je vis le soleil entrer dans l'océan, qui se referma pour qu'il le féconde durant la nuit.

La chevelure blonde qui avait saisi mon attention venait régulièrement se promener sur la lande, quel que fût le temps. Quand le soleil brillait, elle resplendissait d'un éclat si délicat qu'il me paraissait que l'or avait épousé le plus fin des blés. J'avais l'impression d'observer la longue crinière d'un cheval parfaitement libre et sauvage, lancé au galop. Quand la pluie tombait, elle perdait son ondulation et se plaquait avec gravité sur son visage. Il semblait que chaque goutte y restait comme la rosée sur une fleur délicate, avant de plonger dans sa chevelure et de la gorger de son eau. Après ce périple, la goutte devait ressortir teintée d'un peu d'or.

Sans pouvoir l'apprécier vraiment à cause de la distance qui nous séparait, il me semblait qu'elle boitait un peu, comme si elle marchait dans des chaussures neuves trop étroites. Sa démarche lui donnait la délicatesse de la grue aux longues échasses et me rappelait celle de ma mère que ses petits pieds bandés faisaient claudiquer.

Elle faisait immanquablement le même parcours. Depuis le hameau en amont de la baie, elle avançait parmi les hautes herbes frôlant ses genoux, passait d'un rocher à l'autre comme jouant à la marelle et évitait à tout prix de poser le pied sur le sable. Puis elle grimpait sur le promontoire en face du Mont-Saint-Michel, si bien qu'il n'y avait plus rien entre elle et sa flèche. Elle s'avançait vers le rebord, posant ses paumes sur le dernier centimètre de roche, puis agitait ses jambes nues dans le vide d'un air nonchalant. On aurait dit une ballerine dans le vent. Je craignais toujours qu'elle ne finisse par tomber. C'était comme si elle souhaitait aller jusqu'au bout de la terre, là où personne ne viendrait la chercher, et qu'elle aimait pencher parfois la tête pour regarder, entre ses pieds, le gouffre qui s'ouvrait. Elle se balançait aussi également que le vent souffle ou que le tonnerre tonne, que le soleil brûle ou qu'il se voile de pudeur. La peur ne semblait pas l'atteindre. Parfois elle criait. Seule face à la mer, elle projetait des phrases désordonnées, des mots éparpillés, des sons, puis se taisait. Il me semblait qu'elle appelait en direction du large, hurlant à pleins poumons. Peut-être était-ce là une forme de méditation à l'occidentale ? À qui s'adressait-elle ? Aux mouettes, sans doute, qui refusaient de se faire colombes. Depuis la plage où je me trouvais, je distinguais une longue cicatrice rouge allant de son pied à son genou. Quand parfois je commençais à douter du bien-fondé de ma présence sur cette plage, je regardais dans sa direction. Je devinais de la détermination dans ses expressions, la force de tenir tête aux éléments.

« Toute l'idée de la mer est dans une goutte d'eau. »

Spinoza

Je passai les jours suivants entre contemplation et inquiétude, ne parvenant pas à pénétrer l'état de calme de l'océan, méfiant face à son apparente tranquillité. Combien de monstres se mouvaient en dessous de sa surface, sans que je puisse les voir ? Peut-être les fonds abritaient-ils un dragon que, par malchance, j'allais réveiller ? La mer recelait une profondeur insondable qui m'appelait autant que je la craignais.

L'abbé m'avait dit de ne point redouter les tempêtes. Chaque homme doit s'y confronter pour tester son courage. Le fils de Dieu lui-même avait su les dominer. Alors qu'il enseignait au bord de la mer, une foule si nombreuse s'était rassemblée autour de lui que le Messie était monté sur une barque pour prêcher. Lorsque la nuit vint, le Messie s'endormit à la poupe sur un coussin. Survint alors une forte bourrasque. Les vagues se jetaient contre l'embarcation, faisant craquer sa coque, et l'abordant de tous côtés, la faisant tanguer dangereusement, déjà la remplissaient. Ses disciples le réveillèrent, paniqués : « Maître, nous sommes perdus et tu ne t'en soucies pas ? » Alors le Messie rabroua le vent et dit à la mer : « Silence, tais-toi ! » Le vent tomba et un grand calme se fit. Il se tourna vers ses disciples encore tremblants et leur dit : « Pourquoi avez-vous peur ? N'avez-vous pas encore foi ? » Un murmure passa d'une bouche à l'autre, tant les fidèles se demandaient : « Qui est-il donc, celui-ci, que même le vent et la mer lui obéissent ? » Et ainsi, ceux qui n'avaient pas cru en lui, en ses mots, crurent en lui.

Je ne saisissais guère le concept d'un dieu unique, mais la puissance d'un homme maîtrisant la force de l'eau me fit forte impression.

Les mouettes, ce matin-là, tournoyaient en tous sens. Leurs cris annonçaient un grand fracas que mon ignorance m'empêchait de voir. L'horizon était chargé de nuages déployant toutes les nuances de gris, l'un chevauchant l'autre comme si le ciel n'était pas assez grand pour les contenir tous. Le soleil avait disparu derrière leur opaque muraille. L'océan me glaça le sang. Il n'avait plus rien de la pureté du jade et s'était drapé de la couleur de l'émeraude souillée de terre et de boue. Il produisait un bruit pareil à une montagne que la main d'un géant réduirait en cendres et projetait son eau à une dizaine de mètres au-dessus de sa surface. Il était en colère, et la colère de l'océan enfante une tempête.

Il rugissait tel un fauve enragé. Des vagues se formaient sans cesse, ne laissant aucun répit à l'horizon. Certaines, allant en direction contraire, se fracassaient l'une contre l'autre, écumantes, jetant un éclat d'eau qui, comme un éclair émanant de l'océan, s'élevait et s'abattait sur le ciel. Une multitude de courants opposés parcouraient l'eau, prêts à aspirer tout être qui s'y présenterait. Des spasmes traversaient la surface, comme le dos d'un félin prêt à bondir sur une proie. L'écume tissait sa toile sur toute l'étendue, déchirée par un remous, et aussitôt reconstituée.

Alors moi aussi, je rabrouai le vent et intimai à l'océan :

— Silence, tais-toi !

Mais le vent redoubla de force, et les vagues mugirent de plus belle. Je me levai d'un bond, m'approchai jusqu'aux lèvres de l'océan et le tançai :

— Silence, tais-toi !

Mais je n'étais pas le fils de Dieu, à peine étais-je le fils d'un homme que je n'avais pas connu. Je n'étais pas le Maître de l'océan, il ne faisait que peu de cas de moi. Je ne valais guère plus que la mouette criant dans les nuages.

J'avais le ventre noué. Je ne comprenais pas ce qui m'arrivait. Mes mains se fermèrent, mes poings avaient envie de cogner. Je voulais participer à la tempête, y jeter les émotions qui me torturaient depuis toujours. C'était en moi que le dragon s'était éveillé. Je voulais affronter l'océan, en découdre avec ce géant protéiforme. C'était comme si la digue de mon éducation s'apprêtait à se briser. La gesticulation implique la colère, la colère implique la perte de contrôle, enseigne le Tao. Celui qui se laisse dominer par ses émotions négatives perd le contrôle de lui-même et fait montre de faiblesse. Nous devons nous dominer en toutes circonstances ; jamais en Chine nous n'élevons la voix ni n'exprimons notre courroux, notre impatience. Mais pourquoi m'abstenir, alors que j'étais seul, de ce qui semblait si naturel à l'océan ? Il ne répondait à aucune loi, à aucun interdit, n'avait aucune pudeur d'ainsi se donner en spectacle et de se déverser. J'avais à l'intérieur de moi une mer en colère. C'était comme si tous les débordements que j'avais contenus m'étouffaient.

Je regardai en direction du rocher de la fille aux cheveux blonds : elle n'était pas là. Derrière moi, personne. Libéré de tout regard étranger, j'ouvris la bouche pour crier, mais, seul un son étranglé en sortit. J'essayai encore mais je ne produisis qu'un mince filet éraillé. Jamais de ma vie je n'avais entendu le son de ma véritable voix, celle qui raconte notre véritable moi. Enfin, de la plante de mes pieds jusqu'à ma gorge, je hurlai à faire trembler tout mon être, comme pour jeter loin de moi les peurs et la colère qui m'habitaient, ainsi que le sentiment d'injustice que je ne parvenais pas à formuler. On m'avait appris à ne jamais me plaindre, à me considérer bienheureux de mon sort, mais sous les mots, au niveau de la chair, je n'étais que cri. On m'avait enlevé la seule chose que j'aimais.

Le clapot m'éclaboussait à mesure que je m'approchais, je sentais son souffle me tenter. La boule que j'avais dans le ventre céda sous sa pression et éclata en milliers de sanglots. La digue de la retenue avait été rompue. Aucun barrage ne pouvait plus retenir mes flots intérieurs.

Oh ! Si mon grand-père m'avait vu, comme il m'aurait jugé ! Je couvrais toute ma lignée de honte et d'opprobre en laissant ainsi se répandre mes émotions. Je regardai encore de droite à gauche pour vérifier que personne ne m'avait vu. Se laisser facilement aller à montrer ses sentiments, à dénuder sa nature profonde en public, révéler ses insuffisances lève le voile sur notre insignifiance et pusillanimité. L'océan ne me jugeait pas, mon cri ne l'effrayait pas.

Pour la première fois depuis des années, je ne faisais pas semblant, j'étais en accord avec ce que je ressentais. L'océan avait dissous le masque duquel me couvraient depuis l'enfance les convenances, peignant chaque jour sur sa face les émotions imposées par l'éducation.

J'avais peur, j'étais seul. Tout me semblait trop grand pour moi. J'étais presque adulte, mais je me voyais encore comme un enfant. Le sien. Je devais laisser le souvenir de ma mère prendre le large, partir avec la marée. Je devais quitter le monde de l'enfance et devenir l'homme auquel elle avait songé. Mais je n'y parvenais pas. Devenir homme me semblait une trahison. Quelque chose en moi voulait retenir la marée et le souvenir de ma mère. Il était injuste qu'on me la retirât en tant qu'enfant et plus injuste encore de devoir devenir homme sans elle.

Mes poings se desserrèrent, je passai mes mains sur mon visage. Mes larmes avaient le goût de l'océan. Les vagues lavaient mes pleurs comme les mains de ma mère m'appliquaient un linge humide sur les joues et le front lorsque j'avais de la fièvre.

Tremblant, je fus saisi par mon propre emportement. Et si je devenais moi-même aussi impétueux et incontrôlable que l'océan ? Si loin de la morale, de mon pays, ne risquais-je pas de basculer ? De ne répondre qu'à ma sauvagerie, de m'abattre sur les côtes et les navires, d'être une horde de loups sauvages à moi tout seul ?

Jamais je n'avais été aussi libre qu'en cet instant, et je craignais plus que tout cette liberté nouvelle. Je pouvais faire le bien comme le mal, réussir ou choir, aimer ou haïr.

Soudain je me tournai vers le promontoire, la chevelure blonde y était. Elle me regardait fixement. La honte me saisit à la gorge, je suffoquai. Elle m'avait vu me donner en spectacle ! Alors que j'enfouissais mon visage dans mes mains, je l'observais à travers mes doigts. Elle éclata de rire. Je m'étais laissé emporter comme dans un siphon par ma colère et ma tristesse et j'en ressentais à présent toute la bassesse.

Je regagnai le monastère à la tombée de la nuit et me faufilai dans ma cellule sans partager le dîner des frères que je ne méritais pas. Pourquoi n'étais-je pas un bon Chinois ? Pourquoi devais-je être marqué du sceau indigne de la sensiblerie ?

Ma mère, affaiblie par la maladie, avait travaillé tout le jour dans une exploitation de poires. Elle avait si bien œuvré que le panier qu'elle portait sur son dos était déjà rempli à la moitié de la journée et que ses jambes ployaient sous son poids. Elle s'était retournée vers le contremaître afin de lui remettre sa précieuse cargaison mais l'homme, de constitution malingre, se renversa sous la charge. Et dans sa chute, écrasa deux brassées de poires. Se relevant, le dos collé de leur jus, il admonesta vertement ma mère. Elle ne serait point payée pour un travail aussi mal fait. Ma mère avait souri, s'était inclinée et était partie. Moi, j'enrageai tout le reste de la journée à concevoir des plans de représailles.

— Ma mère, il t'a humiliée, ne veux-tu pas te venger ?.

— Il a agi comme il a agi, m'avait-elle répondu en caressant mes cheveux. Si je me venge, je ne maîtriserai pas mes émotions, et je m'humilierai moi-même.

Je n'entendais rien de ce charabia, je voulais piétiner tous les fruits, que l'homme me regarde les détruire, et qu'il se repente de sa méchanceté.

Je songeais au récit que m'avait fait un soir mon grand-père, peu après le décès de ma mère. J'errais dans la maison, le cœur chaviré, marchant jusque dans son atelier. Ses mains noueuses allaient et venaient sur le bois blond qu'il modelait jusqu'à le rendre rond, afin de produire les meilleures roues de charrettes.

— Il y a plusieurs siècles de cela, me dit-il, soufflant sur les copeaux de bois, un homme d'épée s'est battu contre un ennemi durant plus de trente ans. Les deux hommes étant de force physique égale, jamais le combat ne finissait. Chaque matin ils croisaient à nouveau le fer dans l'espoir que le sort les départage enfin et que l'un des deux prenne l'avantage. Un jour, son adversaire tomba de son cheval. L'homme d'épée sauta sur son ennemi désarçonné qui gisait à terre. Il aurait pu facilement le tuer. Mais l'ennemi lui cracha au visage. Sais-tu ce que fit l'homme d'épée ? m'avait demandé mon grand-père sans détourner son attention de son ouvrage.

— Il le déchiqueta de son épée pour se venger de l'avoir humilié ! répondis-je avec insolence.

Mon grand-père hocha la tête avec impassibilité.

— Il s'immobilisa et dit à celui qu'il tenait pourtant à sa merci : « Lève-toi. Nous nous battrons demain. » Saisi, l'ennemi se releva d'un bond et le questionna sur la raison de ce sursis. Pourquoi l'avait-il épargné ? « Ces trente dernières années je me suis cultivé en m'efforçant d'atteindre l'état de combat sans colère dans le cœur. C'est comme cela que je pourrai gagner sans perdre. Ton crachat a mis mon esprit en colère. Lorsque quelqu'un entre dans une grande colère, son état d'esprit lui fait perdre la tête, inhibe sa sagesse et ses compétences. Cela l'entraîne à commettre des actes qu'il regrettera. Si je te tuais maintenant, je ne serais jamais capable d'apprécier ma victoire. Je tâcherai d'apaiser mon esprit, afin de recommencer demain, et te battrai avec un esprit clair. » Mais le combat n'eut pas lieu. Celui qui avait si longtemps été son ennemi lui demanda de devenir son élève. Car les mots de l'homme d'épée étaient justes. Celui qui sait éliminer la colère de son esprit, celui-là est vraiment remarquable.

Lorsque le souffle de ma mère nous a quittés à travers la fenêtre de notre chambre, mon grand-père n'a émis aucune grimace, aucun son. Il a souri poliment au docteur qui lui annonçait le décès, et est retourné travailler. Outrage et infamie ! J'ai ressenti une colère sourde contre lui, contre le médecin, contre ma mère de m'avoir abandonné, contre le monde de me l'avoir prise. J'en voulais même aux arbres de continuer à trôner, à la fourmi de continuer à y grimper, comme si de rien n'était.

Je me retournais sur le matelas de ma cellule, en colère contre moi-même. Je n'avais décidément rien d'une personne remarquable. Selon Confucius, on ne doit pas exprimer ses sentiments, surtout les sentiments négatifs qui ne font qu'alourdir le fardeau d'autrui et attrister son cœur. Hélas, je n'ai jamais pu sourire lorsque j'étais offensé. Mes émotions m'ont toujours semblé incontrôlables comme le dragon. Elles me traversent et me bouleversent. Je suis sensible, comme la lanterne de papier que gonflent les courants. Je pressens les vents, je guette leur arrivée, je tremble sous leur effet, et me renverse sous une forte bourrasque. Tandis que les feuilles des arbres ne sont pas encore remuées, que les portes se ferment encore délicatement, que les fenêtres ne branlent pas encore, que la poussière est encore lourde, moi je sens venir la tempête et je suis agité comme la mer. Je me divise en vagues qui éclatent de tous côtés, puis retombent sur elles-mêmes victimes de leur inanité. Et lorsque le vent est passé, qu'il a mélangé sur son passage toute chose qu'il trouvait, je me demande si j'ai été traversé par la tempête ou si je ne suis pas, moi-même, la grande tempête.

Au beau milieu de la nuit, je décidai d'en découdre. Les oiseaux fous piaillaient et tournoyaient dans ma tête, me rappelant sans cesse mon déshonneur du jour, que je devais laver à grandes eaux. Je ne pris ni lampe ni bougie, et descendis, pieds nus, sur la dune endormie. Les étoiles, comme autant de vers luisants, maculaient le ciel noirci. Le sable avait perdu toute chaleur, il bruissait sous mes pieds, aussi froid que la mort. L'odeur d'iode émanait partout dans la baie. Les étoiles semblaient plonger tout droit dans la mer ; la surface faisait prisonnière leur lumière et la renvoyait au plus haut du ciel. Elles dansaient sur la houle à chaque vague nouvelle. Le ronflement de l'océan me terrorisait. Je m'avançais vers lui ; cette fois je n'allais pas crier, j'allais lui montrer que je dominais mes émotions, que j'étais capable de le dompter. Je gonflai le torse et entrai dans l'eau, réprimant le frisson de peur et de froid qui me traversait. À cette heure, point de pêcheur pour venir me sauver. Mais je préférais périr sur cette plage plutôt que vivre en raté. Une vague s'ourla. Elle me saisit par la taille et m'entraîna avec elle irrésistiblement.

Pris dans la danse des étoiles qui tournoyaient autour de moi, je me battais contre l'océan, à la force des pieds et des bras. Plus j'enrageais, plus les vagues se gonflaient et se cabraient face à moi ! Les courants semblaient venir de tous côtés. Je tentai de rebrousser chemin vers la grève, mais en vain, je tournais sur moi-même. L'océan me possédait. Il avait décidé de m'avaler. Alors je choisis de ne plus me battre contre lui, de me laisser couler. La vie m'avait tout pris. Peu m'importait de mourir ou de vivre. Personne ne m'attendait, et l'univers n'avait que faire de mon sort. J'allais rejoindre ma mère, là où quelque part elle dormait.

Les membres engourdis par le froid, je me laissais dériver, déjà je ne sentais plus mes doigts. Alors les vagues se ratatinèrent, elles perdirent de leur force. L'océan se rendormit. Était-ce un jeu cruel ? Se moquait-il de moi ? J'enrageai à nouveau, et je le maudis. L'instant d'après, les flots tourbillonnèrent de plus belle, entraînant dans leur mouvement des algues qui s'enroulaient autour de mes jambes. Je m'inclinai face à mon maître et vainqueur, et me laissai choir à nouveau. La houle, comme un souffle, laissa retomber toute sa force, comme si l'océan s'était couché sur le flanc.

Peu à peu, je m'enfonçais, j'allais reposer au fond de l'océan, ou peut-être les courants amèneraient-ils mon corps dans quelque contrée lointaine. J'allais quitter ce monde avec peu de regrets, puisque je ne vivais pour personne et n'avais pas trouvé en moi-même un compagnon assez aimant pour me donner envie de continuer.

Et puis l'air venant à manquer, je fus soudain pris d'une peur terrible. Celle de ne plus voir le soleil se lever, les arbres des forêts, de ne plus sentir, toucher. Si je mourais maintenant, alors pour toujours mon passage sur terre serait frappé de nullité. J'étais soudain nostalgique de choses que je n'avais pas vécues, mais que je voulais connaître. Je ne voulais pas renoncer à ce qui comptait à présent le plus à mes yeux, le possible. La promesse de la prochaine marée. Qu'elle apporte avec elle l'amour que j'attendais. Alors je sortis la tête de l'eau. Jusqu'à présent, mourir m'importait peu, mais maintenant que j'avais failli disparaître, j'avais peur de mourir. Je me réjouis. Cela voulait dire que, pour la première fois depuis longtemps, je désirais vivre.

C'est alors que je compris que les flots n'étaient que le reflet de mon état d'esprit. Sitôt que celui-ci voulait en découdre, s'emplissait de colère et d'amertume, alors les eaux amères se déchaînaient et je risquais de me noyer dans mon propre emportement. Quand enfin je dépassais ma fureur et me laissais couler, l'océan s'apaisait et devenait une mer de tranquillité. L'esprit calme est semblable au lac de montagne que rien ne perturbe. Chaque ride plissant l'océan est une émotion. Si on la laisse se gorger de tracas, d'inquiétudes et de colère, elle s'intensifie et devient une vague qui finira par nous engloutir. Et si on la contemple simplement alors qu'elle ondule à la surface, en dehors de soi, elle disparaît bientôt pour retourner d'où elle vient.

Le lendemain matin, j'osais à peine regarder l'abbé tant la culpabilité qui m'avait empêché de dormir me faisait encore rougir. Me voyant errer dans le jardin du cloître avant que le jour soit levé, il vint près de moi.

— Pour le prophète Ésaïe, me dit-il, le mugissement de la mer est celui des peuples innombrables sur Terre traversés par la colère. Car « le grondement des nations est semblable au grondement des eaux impétueuses », d'après ses mots. Mais ceux qui croient en l'Éternel seront libérés de la colère. Car « Il apaise le mugissement des mers, le mugissement de leurs flots, et le tumulte des peuples. Il me dirige près des eaux paisibles. Il restaure mon âme, il me conduit dans les sentiers de la justice », selon les Psaumes. Seuls ceux dont la colère n'est pas motivée par la volonté de justice et de reconnaissance, mais nourrie par la malveillance, demeureront pris dans un océan en furie. Car « les méchants seront pareils à la mer agitée qui ne peut se calmer et dont l'eau soulève la vase et la saleté. L'océan ne se calmera pas pour les méchants. Les vagues furieuses de la mer rejetteront l'écume de leurs impuretés ».

— Comment saurai-je si moi-même je ne suis pas un de ces méchants-là ?

— Les courants, les remous, le ressac, l'agitation des eaux tumultueuses soulèvent la vase et les débris déposés au fond de l'eau, rien n'y est caché. Tout vient à être découvert. On ne peut mentir devant l'Éternel. Va voir l'océan, il te le dira. S'il est apaisé, tu sauras.

Je ne bougeais pas. L'orage était passé mais en moi, lui avait succédé une mer de doutes. Les mots de l'abbé étaient supposés me rassurer, mais je m'y entendais trop peu en philosophie pour saisir ces concepts abstraits.

— Un jour qu'il était parti prier seul sur une montagne, notre Messie voulut, le soir venu, rejoindre la barque dans laquelle l'attendaient ses disciples. Mais voilà que l'embarcation avait été emportée à bonne distance de la rive et qu'elle était battue par les vagues, car le vent était contraire. Sais-tu ce qu'il fit ?

— Il se mit en colère ?

— Non, dit-il en souriant. Vers la fin de la nuit, Il vint vers eux en marchant sur la mer. En le voyant marcher sur les flots, les disciples stupéfaits s'écrièrent : « C'est un fantôme ! » et se mirent à hurler. Mais aussitôt Il leur parla : « Confiance ! Ce n'est que moi. » L'un des disciples appelé Pierre continuait d'avoir peur. Alors Il dit à Pierre : « Viens, rejoins-moi ! » Pierre descendit de la barque et marcha lui aussi sur les eaux vers le Messie. Mais, sentant la force du vent, il fut rattrapé par la crainte, et il commença à s'enfoncer dans la mer. « Seigneur, sauve-moi ! » cria-t-il. Le Messie tendit la main et le saisit : « Pourquoi as-tu douté ? » Pierre, stupéfait, ne répondit mot. Quand ils furent remontés à bord, enfin, comme par enchantement, le vent tomba. Tout redevint calme de nouveau et ils furent en sécurité. Comprends-tu ce que cette parabole signifie ?

J'opinai du chef en silence, n'osant le décevoir, me demandant pourquoi ce Messie, semblant doté de pouvoirs surnaturels, se contentait de marcher sur l'eau au lieu de voler.

— Dans notre inquiétude, notre embarras, nous nous enfonçons. On pense que c'est la mer qui nous noie, mais n'est-ce pas le doute lui-même qui nous broie ? Marche sur l'eau, au lieu de t'y laisser engloutir.

Les premières cloches du matin avaient déjà sonné, je rejoignis la plage. Le vert se mêlait au brun, donnant aux vagues la couleur du bronze. On devinait encore les stigmates de la tempête, mais un courant bleu les traversait. On ne savait encore, du brun impétueux ou du bleu apaisé, lequel des deux triompherait. Un reflet vert apparut, soudain j'étais inquiet. Sitôt que le brun reprenait le dessus, je devenais ombrageux. Chacune de ces couleurs éveillait en moi une émotion que je tentais de dompter. C'était comme si tout ce que je ressentais, tout ce que j'avais vu ou pensé, l'océan le savait. Face à lui, j'étais à nu.

C'est alors que je compris que je n'aimais pas ce que l'océan dévoilait de moi. À quoi bon être nu quand on se sent laid ? Je me voyais pour la première fois tel que j'étais et je me trouvais faible et lâche, empli de culpabilité. C'était ma faute. Quoi donc ? Tout. La maladie de ma mère, sa vie de femme célibataire, la guerre ayant emporté mon père, ma couardise d'abandonner celui qui avait cru en moi, le Maître céleste.

Depuis le départ de maman, je me sentais à côté. À côté des autres, de la vie normale, de ceux qui se contentent de vivre sans se poser de questions, sur leur origine, leur destination. J'étais tombé du nid de la tranquillité avant de savoir voler. La douleur avait été si vive que j'avais dû renoncer, pour qu'elle ne m'emporte pas, à bien d'autres sentiments que j'avais laissé pourrir à ses côtés, comme on étête un arbre à l'arrivée de l'hiver.

Je ne savais pas marcher sur les flots, à peine savais-je garder la tête hors de l'eau. Je n'avais guère ce qu'il faut pour être un homme selon le Tao : maîtrisant ses émotions, ayant le courage de combattre les ennemis, séjournant sur les rives de l'harmonie. J'étais semblable au disciple effrayé qui craint de se noyer.

Les vagues de la veille déferlant comme une horde déchaînée s'étaient muées en une houle à la puissance ordonnée. D'insensées murailles d'eau se dressaient devant moi, se hissaient sur la pointe de leurs pieds, se faisaient immenses, puis, creusant leur ventre pour s'arrondir, tendaient leurs bras vers le rivage, menaçant ceux qui s'y trouvaient avant de s'enrouler sur elles-mêmes dans un tourbillon. L'une succédait à l'autre, ne laissant aucun répit. Je songeais à la fable racontée par mon grand-père. J'avais voulu affronter l'océan parce qu'il m'avait craché dessus, et j'avais laissé la colère me diriger. Que n'étais-je comme l'homme d'épée, dépassant sa colère et combattant avec un esprit clair ?

Le dieu du vent de l'ouest souffla fortement. Répondant à son appel, les vagues, telle une armée, gonflaient plus encore leurs rouleaux, puisant leur force dans le grand fond de l'océan. Sans doute était-ce vrai, tous les affres et les tourments que les hommes lui avaient confiés, l'océan les rejetait sur la rive.

Il ne portait aucun jugement et accueillait mes émotions. Il en filtrait la noirceur, l'inquiétude. Si la mer infinie elle-même se laissait aller à ses emportements, à ses instincts, pourquoi devais-je me jeter l'opprobre ? Peut-être pouvais-je faire de même et me laisser totalement aller, oubliant un instant de me juger ? L'eau qui coulait lavait et emportait toutes les mauvaises choses de moi.

Je fermai les yeux et m'accroupis, psalmodiant cette phrase : « L'eau qui coule lave et emporte toutes les mauvaises choses de moi. » À chaque houle nouvelle, je voyais mes humiliations d'enfant, mon sentiment d'injustice, mes chagrins d'adolescent, mes vexations d'adulte partir avec le ressac et se dissoudre dans l'océan. Il était le gardien de mon secret. Ouvrant les yeux, je me demandais combien d'autres blessures infligées par le destin se trouvaient au fond de l'océan.

Alors je me levai, j'entrai dans l'eau jusqu'aux mollets. J'étais décidé à marcher sur les flots. Peut-être le Livre sacré des Occidentaux disait-il vrai ? La mine concentrée, j'approchai mon pied de la surface comme s'il s'agissait d'une marche, mais l'océan refusait de me hisser. J'essayai de m'élever par la pensée, espérant soulever mon corps, rien n'y faisait. Peut-être manquait-il une formule incantatoire pour que le miracle opère.

L'océan ne sembla guère apprécier. Une vague plus haute que moi s'avança, j'eus un mouvement de recul. Puis je pensai à la phrase de l'abbé : c'est notre doute et notre embarras qui nous noient. Alors je ne bougeai pas. J'ancrai un à un mes orteils dans le sable, sentant sa présence rassurante. De la plante de mes pieds j'épousais ses grains de toutes mes forces. J'étais le séquoia de Chine, je prenais racine. Rien ne pourrait m'arracher au sable. Je regardai la vague et lui fis face, me répétant en silence : « Je n'ai pas peur, ce n'est qu'une force passagère. Elle n'est menaçante que pour celui qui la craint. Je n'ai pas peur, la vague n'est que le reflet de mon instinct. » La houle se brisa à quelques mètres de moi, écumant comme la bouche d'un cheval lancé à plein galop. Son souffle puissant manqua de me désarçonner, mais je plantai plus encore mes pieds et laissai la peur et le doute me traverser sans les retenir.

La houle n'était que la houle, elle n'était pas dirigée contre moi. Je ne pouvais pas la maîtriser, je ne pouvais que contenir son effet sur moi.

Ainsi, les vagues qui s'enchaînaient ne me faisaient plus peur. On ne peut empêcher la tempête, mais il suffit de la dominer, de marcher sur la mer de ses doutes plutôt que de s'y laisser couler.

Un point blanc se dessina dans le lointain. Un bateau de pêche traversait l'horizon. Le pont montait et descendait à chaque vague, luttant contre les éléments. Pour sûr, ses marins aimeraient eux aussi pouvoir marcher sur l'eau ! Combien de navires se trouvaient-ils au fond de l'océan, avec, à leur bord, ceux qui n'avaient pas réussi à le vaincre ? Ceux qui, comme moi, s'étaient embarqués sur son dos dans l'espoir d'une vie meilleure, de trouver une terre d'asile ou d'accueil, ceux qui avaient voulu découvrir des mondes inconnus, ou simplement pêcher de quoi nourrir leurs ventres affamés ? L'abîme sur eux s'était refermé.

La scène me fit penser à un tableau qui ornait l'un des murs du monastère et qui m'avait fait forte impression. C'était une marine hollandaise du XVIIe siècle, m'avait dit l'abbé, que j'avais supplié de me laisser mettre l'œuvre dans ma cellule. Un fier vaisseau de bois doté de trois immenses mâts affrontait une mer en furie aussi grise que les épais nuages recouvrant le ciel. Les voiles étaient si gonflées par le vent, prêtes à se déchirer, que, face au tableau, j'avais la sensation d'être pris dans son souffle puissant. Les hommes étaient invisibles sur la toile, on aurait dit que le bateau était une entité douée de vie, tandis que je les imaginais en cale, dans son ventre, tirant et poussant cordes et contrepoids de toutes leurs forces. La coque penchait dangereusement vers la droite, on ne savait si le fier pavillon était en train de chavirer ou de se redresser. Chaque jour, en le regardant, je m'imaginais un scénario différent. Plusieurs siècles séparaient la peinture du tableau vivant que j'avais devant moi, mais j'expérimentais la même scène : je ne savais si ces pauvres pêcheurs, à l'intérieur de leur cabine, étaient en détresse, sur le point de basculer, ou s'ils sortiraient vainqueurs de leur corps à corps.

Que sommes-nous face au tumulte formidable et grandiose des éléments, qui obéissent à des lois universelles qui nous dépassent ? Nous sommes mus par tant de causes extérieures, nos émotions, nos passions, les accidents, que, pareils aux vagues de la mer mues par des vents contraires, nous sommes ballottés, ignorant ce que sera notre destin. Pour nos esprits inquiets avides de rassurantes vérités, là où nous espérons trouver un lac tranquille à souhait et, après une traversée heureuse et sûre, parvenir au port de la félicité, nous nous retrouvons flottant au hasard sur la mer houleuse des insatisfactions, entourés de toutes parts des orages de la peur, ballottés et submergés par les vagues du doute.

Que le vaisseau sur la marine hollandaise du monastère chavire ou triomphe, cela ne dépend que de notre volonté, de notre regard. Magnifie-t-elle l'audace des navigateurs qui affrontent les périls pour conquérir de nouveaux horizons, ou représente-t-elle la faiblesse des hommes livrés à leurs emportements ? L'océan porte le bateau, est le vecteur de sa liberté, son moyen privilégié, mais il est aussi l'ouragan de vagues. Il est à la fois celui qui le sauve et le met en danger.

Ainsi le marin qui tient la barre dans la tempête flotte-t-il au-dessus de l'abîme, ne pouvant compter comme allié que celui-là même qui le menace. Le marin qui ne perçoit qu'un de ces deux aspects de sa puissance fait chavirer son embarcation. En embrassant sa double nature, sa dualité, il n'est plus le jouet d'un seul scénario, il a dans ses mains les possibles. Il n'est plus en opposition avec l'océan, il ne lutte plus contre lui, il est en communion avec celui dont il ressent la force vitale. Il épouse sa puissance, écoute le bruissement de l'eau le long de la coque pour connaître l'intensité du courant, fait jouer sa voile dans le vent, tel l'oiseau qui se laisse porter par une rafale pour voler à vive allure et défier l'inertie. En prenant conscience qu'il ne tient qu'à lui que l'océan soit tombe ou trésor, et non en s'opposant à lui par tempérament, le marin arrivera à bon port.

Contemplant le bateau de pêche qui avait presque fini sa traversée de la baie, une pensée apparut dans mon esprit et l'apaisa durablement. Même s'il s'agit de grands navires et s'ils sont poussés par des vents violents, il suffit d'un tout petit gouvernail pour les diriger au gré du navigateur. Soudain les bourrasques ne me faisaient plus peur puisque peu importait où j'étais : partout je pouvais gouverner mon navire. Le temps des tempêtes s'était achevé.

À la belle saison fleurirent sur le sable des animaux étranges qui étaient mes semblables. Des enfants couraient et sautaient vers l'eau sitôt leurs vêtements ôtés. Les parents, s'amusant de leur saine nudité, immortalisaient les fesses de leur progéniture, ce qui me confondait de gêne. Ils construisaient de petits tas de sable qu'ils arrosaient d'un peu d'océan transporté à grand-peine dans un petit seau, appelant leur création leur « château ». Puis de leur main ils pétrissaient le sable mouillé et l'élevaient en mur de fortifications tout autour du château. Les enfants souriaient à leurs parents d'un air satisfait, rois d'un éphémère royaume mais riches d'intemporels souvenirs. Jusqu'à ce qu'un promeneur distrait finisse, immanquablement, par marcher sur l'une des tours de la forteresse ou l'écrase franchement de son lourd pied. Alors l'enfant suspendait son regard ébahi quelques instants, avant d'éclater en sanglots, puis le père posait son journal et se levait, tapait sur l'épaule de celui qui venait de briser le castel imaginaire de son enfant, et lui cherchait querelle. Parfois le ton montait, les deux hommes se poussaient, jusqu'à ce que la femme de l'un d'eux vienne le chercher.

J'étais sidéré par la richesse de ces enfants distinguant dans le sable une mer de possibles contenant toutes les formes, souffrant sincèrement de la disparition de ce qui, quelques instants auparavant, n'existait pas encore, tandis que les adultes n'y voyaient qu'un banc inanimé.

L'eau commençait à monter et finissait d'achever le fragile château de l'enfance. J'avais appris cette expression qui me paraissait l'une des plus belles de la langue française, « château de sable ». Il y avait dans cet oxymore-là la grandeur et la noblesse qui traversent le temps, alliées à l'impermanence du sable. J'y voyais une métaphore de la vie et de l'action humaine, se croire éternel quand on n'est soi-même que passager. Se vouloir important, se penser aristocrate, quand une vague venant de l'océan peut nous faire disparaître en un instant.

Il y avait aussi, un peu plus loin, par groupes, des jeunes de mon âge. Les filles portaient ces petits bouts de tissu que l'on appelle bikinis, révélant leur ventre et leur nombril. Je n'avais jamais vu un autre nombril que le mien, et il me fallut longtemps avant de pouvoir oser regarder les Français en maillot de bain ! C'était ici presque une fierté, une compétition, c'était à celle qui aurait le plus coloré, le plus échancré, celui qui attirerait le plus de regards. Les filles et les garçons posaient leurs serviettes en rond, les uns près des autres, puis les filles allaient et venaient sur le sable, défilant devant les seconds médusés. Dans mon pays, il est de bon ton de ne pas chercher à se différencier, ni à attirer l'attention. Sur la plage de la dune, l'été, c'était bien l'exact opposé. La convoitise et l'envie étaient perçues comme des valeurs importantes pour compter en tant qu'individu.

Ils avaient de petites radios portables et, poussant le volume au maximum, écoutaient les groupes à la mode, tout en allumant des cigarettes et en riant. Certains s'écartaient de leurs camarades pour s'embrasser à pleine bouche. Leurs corps découverts, à la peau chauffée par le soleil, s'effleuraient. Ils se conduisaient librement comme mari et femme, le monde autour n'existant plus, se laissant guider par leurs sens. Ces noces de sables duraient parfois une après-midi. Ils se baladaient main dans la main, se disaient « à demain ». Puis il arrivait que l'une ou l'autre s'en aille, ou rencontre un autre cavalier apporté par la marée. Alors le délaissé allait trouver son remplaçant. Le ton montait, les deux hommes se poussaient. Ils finissaient par rouler dans le sable en s'empoignant. Parfois l'une des filles criait, tirant sur le bras de son copain. Enfin chacun repartait de son côté, sans jamais s'inquiéter du spectacle qu'ils venaient de donner. Sans vêtements ni barrières sociales, sans obligations ni faux-semblants, c'était comme si je voyais l'Occident mis à nu. Ils étaient eux-mêmes, ces autres du bout du monde qui s'aimaient ou se haïssaient autour de moi, sans même me deviner.

Au loin, je vis une étrange apparition : des hommes vêtus de noir, tenant une planche fine et élancée tel un aileron de requin, à la couleur de l'ivoire, couraient vers l'eau. Leurs pieds atteignant les flots, ils jetaient la planche devant eux avant de se jeter aussi, la couvrant de leur corps entier. Alors leurs mains s'agitaient et ils avançaient telles des tortues vers les vagues. Je tressaillais d'excitation, me demandant comment ils allaient faire pour ne pas être emportés par la lame de fond, ou broyés dans le tourbillon.

Je vis le premier foncer avec bravoure vers la vague en formation, s'approcher de son ventre, et se faire avaler par elle. Que ne s'était-il débattu ! Paniqué, je trépignais sur la rive, voulant aller le chercher. Mais ne sachant pas nager, je risquais d'y rester ! L'instant d'après, je le vis réapparaître de l'autre côté, continuant son avancée vers le large, nullement troublé. Lentement mais sûrement, il avançait.

Tous à sa suite plongèrent sous la vague, disparaissant quelques secondes pour refaire surface de l'autre côté. Puis, arrivés à l'endroit où naissent les vagues, les tortues firent demi-tour et chevauchèrent l'onde grossissante, défilant à pleine vitesse sur leur tranche brillante. Debout sur leurs planches, les hommes en noir marchaient sur l'eau !

Arrivés près du bord, ils repartaient vers le large, la mine concentrée, sans être traversés par aucune peur. Une sorte de sourire de béatitude irradiait leur visage.

Puis un suivant prenait son élan et, tenant sa planche d'une main, s'envolait soudain au-dessus de la vague, défiant la gravité. Ils se félicitaient mutuellement, tapant dans l'eau en hurlant chaque fois que l'un d'eux réussissait ce prodige.

Je restai de longues heures en observation pour percer leur secret. Traverser la vague qui menace de s'abattre sur vous, plutôt que de lui faire face et être balayé. Je voulais suivre leur exemple, mais, échaudé par ma récente mésaventure, je tâchais de comprendre à quel moment il faut pénétrer la vague pour ne pas être avalé. Elle doit être encore en train de se dresser, et non sur le point de se casser et de se refermer sur elle-même. C'est au moment où le soleil la frappe de son reflet qu'il faut essayer de se faufiler.

Le sort en était jeté. J'attendis une première vague sans bouger, puis une deuxième. J'étais tétanisé. Lorsque la troisième sortit de mer, je courus de toutes mes forces dans l'océan et me jetai à plat ventre, battant des jambes dans un mouvement désordonné. La vague avançait lentement vers moi, avec la nonchalance de celui qui se sait invincible. Je fus pris d'un vertige en prenant conscience que je n'avais plus pied, je ne pouvais plus m'enfuir. J'étais son prisonnier. Allait-elle m'avaler et me recracher inanimé sur la grève, ou aurait-elle quelque pitié pour celui qui voulait la franchir ?

Je pensais à la détermination de la tortue et battis des bras de plus belle. Le soleil se refléta sur sa robe qui ondulait. Alors je pris une grande respiration, joignis mes deux mains que je tendis loin devant. Je plongeai aussi profond que je le pus. La vague se défendait, son courant me repoussait vers la surface où le rouleau voulait m'aspirer. Je poussais avec mes jambes que je sentais encore prisonnières de l'air, contractais mon dos, mes reins, mon être tout entier.

Soudain le courant parut se désintéresser de ma carcasse, je le sentis passer au-dessus de moi.

Mes bras rencontrèrent le sable. Je touchais le fond de l'océan ! Mes pieds se débattaient encore, aux prises avec la vague. Alors j'agrippai le sable agglutiné qui était aussi solide que du ciment. Je plaquai mon corps contre lui et j'ouvris les yeux pour voir ce à quoi je venais d'échapper. À travers la mer de bronze, je vis comme dans un ciel d'eau la vague passer au-dessus de moi. Les courants dessinaient des formes furtives. J'étais à l'intérieur du grand océan ! J'étais la carpe, me déplaçant à mouvements lents, guidés par la douce résistance de l'eau. Je ne bougeais plus, j'ondulais. Ainsi, j'appris qu'au milieu du grand océan le vivant et le temps bougent au ralenti. Je n'avais hélas pas l'entraînement de ces hommes aux planches ivoire, et je manquai rapidement d'air. Je poussai le sable avec mes pieds et profitai de l'élan pour remonter à la surface. Je sortis la tête de l'eau avec la sensation de respirer pour la première fois. Ce qui tout à l'heure était infranchissable retrouvait sa dimension véritable.

Déjà une autre vague, à quelques mètres, se formait. Je voulais encore vivre cette sensation exquise de ne pas craindre l'obstacle à venir, mais de me couler en lui, de le traverser sans peur ni colère.

Je me hâtai de battre des bras en direction de l'onde suivante, dans une allégresse nouvelle. Ce qui m'avait tant effrayé me mettait à présent en joie. Sentir le courant rouler sa véhémence sur mon dos et ressortir triomphant de l'autre côté de l'eau me faisait voir les choses différemment.

Je regardai en direction du monastère. C'était à présent le rivage qui tanguait. Le monde, la vie n'est que mouvement, et nous, humains, voulons l'arrêter pour nous sentir plus stables, parce que nous craignons de tomber. Mais de là où je me trouvais, aucune construction humaine n'était immobile. Les grandes murailles et les monastères séculaires, les tours de Babel, les châteaux de sable et leurs tourelles, tout était pris dans l'incessante agitation de l'océan.

En me séchant sur la plage, j'étais heureux de cette sensation nouvelle. De savoir distinguer ce qui se présente à nous et que nous pensons insurmontable en deux catégories : ce contre quoi ancrer ses pieds dans le sable et résister, ce contre quoi ne pas combattre mais plonger, pour le traverser et ressortir de l'autre côté.

Je restai sur la plage à contempler celui avec lequel je venais de pactiser. Le soir avançait, les nuages peu à peu s'emparaient du ciel bleu, teintant la voûte de gris, prélude à la nuit.

Celui qui regarde l'océan avec les yeux plein de questions n'obtiendra pas de réponse. Ma tête était pleine de pourquoi. Je l'avais harassé de demandes, mais n'avais rien obtenu en retour. Je me serais contenté d'un comment, s'il avait daigné me parler. Je l'avais approché, chargé de mes problèmes illusoires, me considérant comme l'être le plus important du monde. Mes peines et mes maux me semblaient plus impérieux que ceux des autres, plus justes, du simple fait que je les vivais. Qui étais-je pour songer que le grand océan allait répondre aux interrogations d'un être transitoire ?

Cependant, chaque fois que je m'asseyais devant l'océan, mes questions résonnaient moins fort à l'intérieur de ma tête. Elles se diluaient dans son bruissement. Je tentais de garder le fil de ma méditation, de tenir par la bride mes pensées, pour le sommer de me répondre. Alors le doux clapot devenait tapage et grondements. Je ne m'entendais plus penser. Depuis ma naissance j'avais peur du silence, ainsi je me parlais sans cesse en pensée. C'était la première fois que le verbe en moi se taisait. Mes pensées avaient déposé sur la grève, à ses pieds, leurs vêtements de mots. Il n'y avait plus de pourquoi, sitôt que je n'entendais plus ma voix. Si le bruit de l'océan surpasse celui de tes pensées, alors tu es au bon endroit.

Soudain, un rayon de lumière traversa la dense couche des nuages, comme si le soleil avait déchiré le voile qui le retenait prisonnier. Un faisceau puissant et doré s'abattit sur l'océan. Là-bas, tout au fond, près de l'horizon, une colonne de lumière faisait refluer le gris et les émotions chargées. Elle était comme une tache d'espoir dans l'obscurité, une apparition divine traversant le ciel pour venir épouser l'océan. À elle seule, elle équilibrait les forces de l'univers. Le faisceau rendait les flots effrénés encore plus beaux, il magnifiait chaque vague qui se cabrait et scintillait sous sa lumière divine.

Plus loin, derrière les vagues, au-delà du faisceau, la mer était calme. Comme si la tourmente ne frappait que devant mon nez, là où je regardais. Plus loin, la mer continuait d'être en harmonie, plate, d'une horizontalité imperturbable. Les hommes peuvent bien crier ou se déchirer, les régimes se succéder, les rois tomber, le chaos du monde n'atteint pas l'océan.

Alors je compris que l'océan, dans sa profondeur, demeure toujours clair. Il ne s'obscurcit que parce qu'il manque de lumière. L'océan est toujours paisible, même quand près d'un rivage ou au large il semble tonner. Il ignore les vagues qui se forment à sa surface, les mouvements d'humeur ou d'âme. Je ne voulais plus être celui qui marche sur l'eau, je voulais faire corps avec elle. Je voulais être l'eau.

Le lendemain matin, à la faveur de l'été, je dévalai la dune en direction de la plage avec dans le ventre rien d'autre qu'un bol de café noir. Mon palais, à mon arrivée, honnissait chaque tasse que l'abbé me tendait, comme une gorgée fumante d'amertume. À présent, je me languissais dès le lever de cette douce brûlure qui, à chaque lampée, exhalait une telle intensité qu'elle me donnait une sensation de gravité qu'on ne peut trouver qu'en Occident. Je n'étais plus un enfant cherchant le lait, ma bouche désirait l'âpreté. L'âge d'homme avait ici le goût du café. Parfois le pêcheur qui m'avait sorti des flots venait partager son casse-croûte avec moi. Sa canne à pêche plantée dans le sable et sa ligne tendue vers le lointain, il approchait sa musette en osier, s'asseyait sur un minuscule tabouret en bois, me tendait un morceau de pain à la croûte épaisse et dorée sur laquelle une odorante farine traînait encore, et croquait dans le sien à pleines dents. J'aimais mettre mon doigt dans la mie encore tiède. À l'intérieur, il disposait du fromage, du jambon ou du pâté. Jamais il ne me disait un mot. Il se postait là, à ma hauteur, mâchant bruyamment, comme s'il broyait le pain. C'était le meilleur repas que j'eusse jamais mangé. Lorsque nous avions fini, il s'essuyait la bouche du revers de la main, me mettait une grande claque dans le dos, puis repartait. La première claque dans le dos me terrorisa. Pourquoi cet homme m'apportait-il à manger pour ensuite me frapper ? Puis je compris qu'il y avait dans cette brusque accolade un geste d'affection, tout ce qu'il ne savait pas dire avec des mots.

Plein d'un courage nouveau, entre la peur et l'audace, je paradais devant l'océan. La houle chargée de la sauvagerie de la nuit dressait ses crins dans le ciel naissant.

L'air était empli d'une certitude fraîche et iodée, celui qui s'est vaincu lui-même ne craint plus grand-chose du monde, m'avait dit le Maître. Je m'immergeai, décidé à écouter le murmure des courants. Les vagues dévoilaient leur ventre avant de m'effleurer. Rapides telles des naïades, elles me tançaient puis s'échappaient sitôt que je voulais les saisir. Je tentais d'en attraper les crins sauvages, de les chevaucher, mais déjà elles avaïent changé de forme et ne laissaient entre mes mains qu'une écume inanimée.

Alors je cédai à leur appel et entrai dans leur danse. Je plongeai au cœur d'une vague à demi offerte et sentis soudain le tourbillon du courant sous-marin me caresser là où personne ne m'avait jamais touché. Une main invisible venait de glisser le long de mon ventre, jusqu'à l'endroit où les hommes fleurissent sous l'effet de leurs sens. Pétrifié, je regardai partout autour de moi, en vain, pour voir cette aventureuse main.

Je ne singeai pas longtemps l'offuscation. La surprise se dissipant, je désirais secrètement qu'elle se posât de nouveau sur moi. J'avais chaud, j'avais froid, des contractions me parcouraient de haut en bas. J'étais ivre de quelque chose d'inconnu dont la caresse de l'eau me laissa orphelin. Une grande agitation troubla mon énergie vitale. Une boule de feu descendit de mon ventre jusque dans mes jambes. Je m'épaissis et me développai là où je le pensais impossible. La tête me tournait, une sensation de puissance s'emparait de moi, et pourtant je tremblais. L'eau, entourant ma chair, avalant chaque partie de mon corps, me procurait un contentement inédit. Jamais je ne m'étais laissé guider par mes instincts premiers qui jusqu'alors ne s'étaient point éveillés. J'avais bien sûr croisé des femmes dont la beauté m'avait inspiré des noms de fleurs, j'avais vu à la belle saison les Occidentales se dénuder face à la mer. Mais l'œil n'était chez moi que contemplatif, il ne m'inspirait nulle sensualité. La caresse de l'océan avait éveillé mes sens.

Je cherchais à combattre mon trouble, seul, immobile au milieu de la mer, mais j'étais comme l'arbre au printemps. La sève de vie montait en moi, et ne voulait que se répandre pour ensemencer ce qui m'entourait. Sans cesse l'onde de l'océan rallumait sous mes reins le feu que ma tête éteignait. Le moine taoïste ne doit point laisser son énergie être perturbée par un seul organe qui demanderait une satisfaction exclusive. Il est maître de son désir et sait se défaire de toute pulsion dont il serait esclave aussitôt qu'il l'assouvirait. Je fus pris d'une crainte terrible, songeant que je serais indigne de rentrer au temple des Cinq Immortels si je ne parvenais pas à me contrôler. Pour toujours je serais submergé par une envie de jouissance terrible qui m'aliénerait et à laquelle je m'étais juré de ne jamais céder.

Je manquai de défaillir sous l'intense sensualité de l'eau, de la culpabilité mêlée à une pulsion informe, inhumaine, animale presque, impérieuse par sa nature, inquiétante par sa force.

Au lieu de lui résister, je songeai à ce que l'océan m'avait appris la veille et je plongeai au cœur de cette sensation. Peut-être ne voulait-elle pas faire de moi l'esclave de mes sens, mais me révéler à la force vitale. Je la sentais vibrer en moi pour la première fois, je n'habitais plus un corps d'enfant. La main de l'eau m'avait donné un corps d'homme.

Mes sens étaient en éveil. Ma peau goûtait chaque goutte qui la révélait. Mes doigts reconnaissaient chaque grain de sable roulant sous leur pulpe et se délectaient de leur douceur polie par le temps. Mes yeux ne voyaient plus qu'en bleu marin et embrassaient l'horizon. Mon nez s'emplissait comme si aucun autre parfum n'avait jamais existé. Mon ouïe percevait le chant de l'océan. Le monde humain n'avait jamais été aussi lointain.

Sous la surface de la mer, peut-être était-ce Jiaoren qui jouait à me séduire ? On dit en Chine qu'il existe en mer du Sud une sirène à la peau noire et aux cheveux jaunes comme les blés qui, délaissée par l'homme qu'elle aimait, se lamente depuis au fond de l'océan. Un jour, ne supportant plus la solitude qui l'étreignait, Jiaoren sortit de l'eau et alla frapper à la porte de la première maison qu'elle trouva. Bien que son visage fût des plus attrayants, elle craignait d'effrayer les hommes par son corps couvert d'écailles. La famille qui y habitait, d'humble condition, l'invita à partager son repas. Alors Jiaoren, dont la chevelure reflétait les rayons du soleil, raconta à ses hôtes les raisons de son inconsolable tristesse. Faisant le récit de sa solitude, elle pleura. Et voilà que dans ses mains, là où avaient coulé les larmes, deux perles se trouvaient. Émue par la pureté de son cœur, la famille accepta Jiaoren comme une des leurs. Alors, pour remercier les bienfaiteurs qui l'avaient adoptée, chaque fois qu'elle avait envie de pleurer, Jiaoren saisissait un petit coffre en bois qu'elle plaçait sous son menton. Elle le déposait au matin sur la table. La famille en se levant trouvait le coffret rempli de perles à la blancheur éclatante comme le givre.

Chaque fois que l'océan grondait ou murmurait, il me semblait voir sous la surface de l'eau des cheveux d'or bouger. Ils ondulaient dans mon imagination et j'étais pris d'un émoi indicible à l'idée de voir enfin Jiaoren.

Lorsque la mer dévoila sa transparence, je parcourus la plage dans l'espoir de l'entendre de plus près, la mer infinie d'un côté, la terre des hommes de l'autre, moi, trait d'union entre ces deux mirages.

Je m'approchai des rochers qui à marée basse se découvraient. Là, nichés dans des centaines de cavités pareilles à des cratères lunaires, des coquillages s'accrochaient. Je tentai d'en cueillir un, mais il était si solidement attaché à la roche qu'il avait la force d'un bœuf ! La loi taoïste m'interdisant de tuer la vie, je ne cherchai pas querelle à la coque et me contentai de la toucher. J'essayai d'en entrouvrir une première, puis passai aux suivantes. Rien n'y faisait, les coquillages avaient les lèvres scellées sur leur secret. Peut-être qu'à l'intérieur se cachait une larme de Jiaoren ? Combien de richesses se trouvent sous nos yeux sans que nous les voyions jamais ? Sans doute, tout comme Jiaoren, tout ce que j'avais enduré avait produit en moi un trésor insoupçonné ? Trop occupé à questionner mon malheur, je n'avais pas su voir la perle qu'il produisait.

Il faut écouter le cri de l'océan, pour laisser se révéler la perle. Les souffrances et les espoirs des hommes, grâce à l'écho, deviennent audibles. L'océan les dévoile. Car tous deux ne veulent qu'une chose : être entendus.

Toujours je guettais l'arrivée de l'oiseau blond sur son perchoir. Jamais elle ne descendait sur le sable, comme si elle ne souhaitait pas le toucher. Nous appartenions à deux dimensions parallèles qui ne pouvaient se croiser, elle trônant sur la lande, moi en contrebas piétinant sur le sable. Mais voir son ombre lumineuse sur le rocher suffisait à me donner un sentiment d'ardeur et de liberté.

Je fis cette nuit-là le plus surprenant des rêves. L'été s'attardait, je marchais sur la dune. Les hautes herbes caressaient mes genoux, j'allais doucement vers la plage, sans y descendre. Je sautais avec hardiesse d'un rocher à un autre, vers le promontoire trônant triomphalement face au Mont-Saint-Michel. J'ôtais mes chaussures que je jetais avec force et m'asseyais sur le rebord de la falaise pour balancer mes jambes dans le vide. Le souffle de l'océan m'appelait. Les paumes agrippées sur le rebord, je me penchais pour mieux résister à son appel. Je n'étais plus moi, j'étais la jeune fille à la chevelure blonde. J'observais mes mains, mes bras, leur hâle, leur grain étaient différents. Le soleil aveuglait mes clairs iris, je fronçais mes sourcils dorés. Je n'osais regarder plus bas, où sur mon torse, une poitrine s'était dessinée. Dans ce corps qui était passé en à peine une année de fille à femme, je me sentais étranger.

Je n'étais plus un moine chinois, j'étais une jeune fille française. Je m'imaginais cette nouvelle identité synonyme ultime de liberté. Je n'avais de comptes à rendre à personne, j'avais le droit d'être moi ! J'allais au lycée où j'ouvrais des livres et des cahiers neufs sentant bon l'encre et la colle. J'apprenais à penser par moi-même, je lisais des philosophes et des poètes, j'écoutais de la musique forte. Je riais la bouche ouverte. Dès que retentissait la sonnerie de la classe, je fuyais au gré du vent. Dans la cour de récréation, un des garçons faisant partie du groupe à la mode me souriait. J'enroulais mes cheveux autour de mon doigt par timidité et je lui souriais en retour. Peut-être que samedi, à la plage, il m'embrasserait. Je rentrais chez moi par les ruelles pavées, ma mère m'attendait. Elle me prenait dans ses bras et me questionnait sur ma journée. Nous préparions toutes les deux le dîner, j'épluchais des carottes pour le bœuf bourguignon. Puis, à la nuit tombée, mon père rentrait. Il soulevait sa femme de terre, elle riait en lui disant qu'il était bête, pas devant les enfants. Mon petit frère, dans sa chaise haute, faisait dans son assiette un château de purée à l'aide d'un pot de yaourt. Après le dîner, mon père débarrassait la table et sortait un jeu de l'oie. Alors nous jouions jusqu'à l'heure du coucher. Ma mère détestait perdre et essayait de tricher, mon père lui pinçait affectueusement la joue, et tous deux me laissaient gagner.

Puis j'enfilais un pyjama propre et ma mère venait m'embrasser sitôt que j'étais dans les draps, refermant sur moi l'épaisse couverture colorée qu'elle avait cousue avec mes draps d'enfant. Ses lèvres étaient douces sur mon front, ses cheveux blonds, quand elle se penchait, se mêlaient aux miens. Alors je fermais les yeux pour compter les étoiles de mer, avec l'envie d'être à demain. Mon passé ne me poursuivait pas, j'aimais mon présent, j'avais un avenir qui me souriait.

Mon rêve, hélas, s'assombrit. Le lendemain, en classe, on m'interrogeait. Je connaissais la bonne réponse, mais c'était comme si je n'avais pas de voix. Dans ma tête tout se brouillait et mon cœur battait. Le garçon du lycée, que je pensais bien intentionné, ne cessait de vouloir me toucher à des endroits inappropriés. Je lui disais d'arrêter mais il ne m'entendait pas. Les regards que la veille je pensais flatteurs me dérangeaient. Des hommes de l'âge de mon père me reluquaient ou me faisaient des clins d'œil appuyés. J'avais l'impression que mon corps se déformait, tantôt maigre, tantôt trop épais. Je me regardais et ne voyais rien de la beauté que je m'étais imaginée. Tout en moi était laid, je voulais tout changer. J'essayais de le dire à ma mère, mais elle non plus ne m'entendait pas. Devant son poste de télévision, elle ouvrait une bouteille de vin qu'elle descendait à grandes gorgées. Les nouvelles parlaient de violence, de chômage, de choses qui me dépassaient. Bientôt je n'avais plus confiance en l'avenir et la peur s'emparait de moi. Mon père rentrait tard, et sans même me regarder me disait d'aller me démaquiller, que j'avais l'air d'une traînée. Puis il allait se coucher sans un mot, comme si nous n'existions pas. Ma mère hurlait qu'il était un salaud, une porte claquait, elle laissait tomber son rouge sur le carrelage blanc, qu'elle tentait de nettoyer, à quatre pattes au milieu des bouts de verre. Alors je pleurais, et l'on m'attrapait, me disant que je faisais des histoires pour me rendre intéressante, que j'avais tout ce qu'il me fallait, que je ne connaissais pas ma chance de grandir dans un environnement privilégié, que des milliers d'enfants m'enviaient dans le monde et voudraient être à ma place. J'avais envie de crier mais les jeunes filles françaises n'ont pas de voix. Ce que j'avais pris pour une liberté s'était mué en une infinie solitude. J'avançais vers le promontoire, non pour m'envoler, mais pour sauter. Je ne cherchais pas dans l'océan sa beauté rassurante, je voulais la fuite, espérant entendre en son écho une voix amie qui romprait mon exil intérieur, et voir apparaître, à l'horizon, quelqu'un qui m'aimerait vraiment.

Je me réveillai en sursaut, en nage dans mes draps. Ce matin-là, je scrutai toute la baie, elle n'était pas là. Mon rêve l'avait-il fait fuir ? Avait-elle senti mon imagination indiscrète se poser sur elle ?

L'océan s'était totalement fermé, rien ne circulait entre nous. Son écho se taisait.

Je remontai tôt vers le monastère, afin de perfectionner mon français auprès de l'abbé. Je longeai les ruelles pavées, traversant le hameau d'où la chevelure blonde toujours apparaissait. Je passai devant des fenêtres d'où j'entendis un fracas. Des hurlements montaient, noircissant la fumée sortant par la cheminée. Je restai planté là un instant, puis j'avançai jusqu'à la fenêtre, prenant garde de ne pas me faire découvrir. Alors je la vis. La fille aux cheveux blonds faisait de grands gestes. Un homme plus âgé, sans doute son père, agitait sous son nez un bout de papier. Il semblait n'y avoir qu'eux deux dans le foyer. La fille tentait de parler, mais il ne l'écoutait pas. La main de l'homme se leva d'un coup et s'abattit sur son visage de poupée qui tomba au sol. J'aurais juré entendre sa porcelaine se briser. Le père la traita de tous les noms dont seuls certains me parvenaient, lui disait qu'elle était comme sa mère. Elle s'en alla, claqua une porte, et, à la fenêtre d'à côté, je l'entendis pleurer. À écouter ses sanglots épuisés malgré sa jeunesse, je sus que ce n'était pas la première fois. Je ne pouvais me résoudre à la laisser seule dans son chagrin. Sans que je la connusse, elle était devenue l'élément central de mon équilibre, et je voulais être le sien. Elle alluma le téléviseur. Dans l'écran, des images de guerre en noir et blanc, suivies de jeux où l'on sourit de toutes ses dents. Sentait-elle ma présence ? Adossé à la pierre de sa demeure, je restai jusqu'à ce qu'elle s'endorme.

Je compris ce soir-là que la vie des jeunes filles occidentales n'est pas telle que je l'imaginais, uniquement faite de baisers et de liberté.

La perle est un temple de grâce que la solitude a bâti autour d'un grain de sable. Peut-être sommes-nous comme les coquillages, et devons-nous être brisés pour nous révéler.

Il y avait dans les temps anciens, à l'est, une grotte où habitait un dragon de jade à la couleur de l'argent, et à l'ouest un bois dense dans lequel se cachait un phœnix d'or. Les deux créatures sortaient chaque matin de leur tanière pour se rencontrer, l'un nageant, l'autre volant. Un jour, sans pouvoir dire quel chemin elles avaient emprunté, elles abordèrent toutes deux une île féerique. Leurs yeux se posèrent sur une pierre éblouissante face à laquelle le phœnix d'or poussa un cri d'admiration. Le dragon de jade eut une idée : travailler la pierre en une sphère parfaite et immaculée.

Le dragon œuvrait de ses pattes et le phœnix de son bec. Jour après jour, année après année, ils travaillèrent de concert, et ainsi naquit de leurs efforts une incomparable perle brillante. Le phœnix chercha dans les monts féeriques de la rosée qu'il versa sur la perle. Le dragon alla puiser de l'eau claire dans la Voie lactée et en arrosa le trésor. La perle se mit alors à étinceler. Le dragon de jade et le phœnix d'or, unis par leur même passion pour la perle qu'ils considéraient comme leur enfant, devenus inséparables, délaissèrent leurs tanières et s'installèrent sur l'île pour veiller ensemble sur elle.

La perle n'était nullement dotée de la seule beauté. Tous les endroits touchés par la lumière qu'elle reflétait l'étaient aussi par sa grâce : les prés verdissaient, les fleurs s'épanouissaient et la moisson abondait. Un jour, la reine mère d'Occident, se promenant hors de son palais, aperçut par hasard la perle. La voilà aussitôt fascinée. À la faveur de la nuit, elle revint dérober ce trésor qu'elle cacha au fond de son palais, protégé par neuf portes dotées de neuf serrures chacune. Le lendemain à leur réveil, les deux nobles créatures s'aperçurent de la disparition de la perle. Le dragon de jade parcourut toutes les grottes sous la Voie lactée, le phœnix d'or fouilla dans chaque recoin des monts fantastiques, sans parvenir à la retrouver. Éperdus qu'ils étaient !

L'anniversaire de la reine mère d'Occident arriva. Tous les immortels du ciel se rassemblèrent en son palais autour d'un banquet. Soudain, lasse des souhaits de longévité qu'on lui servait de tous côtés, elle décida de surprendre l'assistance en exhibant son nouveau trésor. Après avoir réclamé l'attention générale, elle détacha de sa ceinture les quatre-vingt-une clés, fit ouvrir les neuf portes du palais et montra la perle sur un plateau d'or, provoquant l'émoi de chaque invité.

Attirés par ses étincelles, le phœnix et le dragon retrouvèrent la piste de leur bien-aimée et parvinrent jusqu'au palais, au moment où l'assemblée était penchée pour admirer la merveille. Le dragon fendit la foule. « Cette perle nous appartient ! » À ces mots, la reine mère se mit en colère : « Taisez-vous, tous les trésors du ciel sont miens ! » Indignés, le dragon et le phœnix crièrent ensemble : « Cette perle n'est pas le produit naturel du ciel ni de la Terre, elle est le fruit de notre travail. » La reine mère, pleine de fureur et de honte, attrapa le plateau d'or sur lequel la perle reposait, ordonnant aux généraux célestes de chasser les intrus hors du palais. Le dragon et le phœnix se précipitèrent sur la perle, si bien que le plateau fut saisi par trois paires de mains. Le plateau tangua dangereusement, la perle chuta, roulant jusqu'aux limites du ciel, puis tomba vers la Terre. Le dragon de jade et le phœnix d'or s'élancèrent à sa poursuite et suivirent la perle de peur qu'elle ne se brise. Quand elle atteignit la Terre, la perle se métamorphosa en une étendue d'eau aussi limpide que le cristal qui reflétait l'infinité du ciel. Depuis ce jour, une perle flamboyante se cache au cœur de chaque temple taoïste, m'avait enseigné le Maître.

À présent que j'étais seul sur les rivages du grand océan, je cherchais au pied de chaque rocher celle qui m'était destinée, et songeais avec émotion à celle de l'épingle à cheveux qui nouait le chignon du Maître céleste.

Combien de temps s'était-il écoulé depuis que je ne l'avais vu ? Je ne savais le dire, mais j'avais vu déjà de nombreuses fois les saisons aller et revenir.

Celui qui fréquente l'océan ne connaît plus le temps. La temporalité humaine s'efface devant celui qui rythme le monde de son cœur battant. Ses marées éclipsent le relatif, elles imposent au monde leur cycle, celui des saisons, du jour et de la nuit, dans un éternel retour dans lequel nous sommes pris. Pourtant, si nous ne pouvons rien contre les marées, l'océan, lui, n'est jamais le même. Chaque vague est différente, libre de sa trajectoire et de son mouvement.

Le rouleau qui sans cesse se gonfle et tourne sur lui-même devant moi ne naît ni ne meurt, il est infini, depuis que l'océan est. Il continue son chemin même lorsqu'il n'est plus visible à la surface de l'eau. Jamais sa force de vie ne s'arrête, il ne souffre aucun obstacle. Il est l'image du continuum de la conscience, le fil ininterrompu de la vie. Celui qui contemple l'océan s'immerge dans l'image terrestre de l'absolu. L'absolu, hélas, est inhumain.

J'avais voulu rencontrer l'absolu, je l'avais trouvé. Je tournais en rond alors qu'aucune cage ne me retenait. Que faire d'une liberté que l'on n'a pas apprivoisée ? Je voulais fuir. Quoi donc ? La solitude que j'avais choisie et qui pourtant me pesait.

Je ne me sentais pas à ma place parmi les hommes mais ils me manquaient. Fuir ma pensée. Ne plus connaître ni la culpabilité ni la nostalgie, le manque du passé, l'inquiétude de l'avenir. Et l'océan n'avait toujours pas parlé

Le véritable sage taoïste cherche dans les paysages la solitude et l'ascèse. La nature favorise le voyage intérieur. Il s'isole sur les sommets des montagnes qui jalonnent mon pays. Les grottes sont pour lui les puits du ciel. L'ermite doit rechercher la cime cachée des montagnes car c'est là que demeurent les Immortels. Moi, je n'étais pas un sage et je désespérais de trouver un visage semblable au mien. Je ne voulais qu'une chose, avoir devant moi des traits sur lesquels j'aurais pu lire un sentiment humain.

L'été déjà tirait sa révérence. Un brouillard épais embrassait l'eau encore engourdie. Elle semblait me narguer de son calme. Plus immobile que jamais, sa surface moirée avait la teinte des glaces sans tain que l'on trouve dans les maisons des familles notables, quelque chose d'argenté.

J'avançai mon pied nu pour l'y tremper. Mes orteils se rétractèrent sous l'effet du froid, je retroussai les jambes de mon pantalon, décidé à faire quelques pas. Sur la pointe des pieds comme l'enfant volant des biscuits dans le dos de sa mère, j'avançai doucement, pour ne pas réveiller la force endormie.

Les nuages jaunes et orangés de l'aurore traversaient l'océan et me donnaient la sensation de voler. Les oiseaux nageaient à sa surface, la lumière du soleil émergea de l'eau.

La surface était traversée d'ondes légères, comme si un enfant malicieux avait jeté une pierre dans une mare, espérant faire des ricochets. Absorbé par mes considérations, je fis un bond en voyant apparaître dans l'eau une forme humaine ! Je la vis distinctement habillée de noir. J'attendis que les vaguelettes s'apaisent et je me penchai. Il était là ! Un homme bien plus âgé que moi me fixait ! Je tendis une main vers lui, il imita mon geste et me tendit la sienne. Je retirai ma main, puis l'avançai de nouveau et finis par toucher la surface de l'eau, brouillant son image. Était-ce mon propre reflet ?

Je plongeai encore mon regard dans l'océan. Je fus pris de stupeur et d'incompréhension. Cela ne pouvait pas être moi, cet homme à la mâchoire carrée et aux sourcils fournis ! Je connaissais mon visage depuis que j'étais né. Lorsque j'étais parti, j'étais encore un garçon au menton fuyant.

Je me touchai le front, les joues, penché au-dessus de l'eau, et découvris à travers ses yeux le visage de l'homme que l'océan me renvoyait.

Il n'avait pas d'âge, il avait les yeux de l'enfant que j'avais été, mais ses paupières étaient celles d'un homme fatigué. Ses cheveux étaient tantôt noirs, tantôt gris. Je ne connaissais pas cet homme. Mais mes yeux le reconnurent et se mirent à pleurer. Enfant, j'étais à l'image de ma mère. Mais à présent que j'avais vieilli, j'avais pris les traits de celui que je n'avais jamais vu. Le philtre argenté dessinait le visage de mon père.

J'avais eu une mère dont l'amour me suffisait, jamais il ne m'avait manqué. Son nom même n'était guère prononcé à l'intérieur de notre maison, si bien que j'avais fini par penser que j'étais né par génération spontanée. Yuhne faisait naître un repas à partir de rien, faisait un foyer de trois planches de bois. Ne l'eût-elle connu qu'une seule nuit, son souvenir avait suffi à faire grandir en son ventre la perle qu'elle avait nourrie et bercée. J'avais hérité de lui, me disait ma mère, son opiniâtreté.

Les enfants croient aux histoires que les adultes leur racontent car elles sont les tuteurs sur lesquels leur imagination s'appuie pour pousser. Combien de nos illusions viennent-elles des histoires de notre enfance que nous ne voulons pas abandonner ?

Le reflet de l'océan me confrontait à une vérité que j'avais tenté d'enfouir sous la terre de mon village natal. Aucun mensonge ne pouvait résister. L'océan n'est que vérité en mouvement.

Papa était un mot que jamais je n'avais prononcé. Tout en lui, jusqu'à sa sonorité, m'était étranger. Il n'existait simplement pas pour moi. Un an après la disparition de ma mère, mon grand-père avait prononcé des mots plus brutaux encore que ses coups. Selon lui, mon père n'était point mort dans la neige en combattant l'ennemi, il était un ferronnier du village voisin de vingt ans l'aîné de ma mère. Mon grand-père, pour se sauver du déshonneur d'avoir une fille adulte encore célibataire, avait consenti à la lui donner en concubine s'il s'engageait à la nourrir et à l'habiller. Mon père nous avait quittés avant ma naissance, retournant chez son épouse légitime. Il n'était pas allé loin, il habitait toujours le village voisin. Mon grand-père avait suggéré que j'emménage chez lui, ce que j'avais refusé de tout mon être. Ainsi m'avait-il confié au temple des Cinq Immortels. Je ne pouvais vivre avec ce secret. Et j'avais fait en sorte d'oublier.

Ressent-on jamais le manque de ce que l'on ne connaît pas ? Ce visage que je voyais était en partie le sien. Il n'était pas étranger, j'étais lui, il était moi.

Soudain je me rendis compte combien j'aurais aimé avoir quelqu'un à pleurer, plutôt que rien. Quel homme aurais-je été si j'avais eu un père pour m'apprendre à me raser ou à pêcher ? Serais-je marié et utile à la société ? Sans doute ne serais-je pas en train de chercher son image dans le reflet moiré de l'océan, en me demandant pourquoi il n'avait pas voulu de moi.

Le vent se leva, les clapotis troublèrent la surface de l'eau, l'image se brouilla. À nouveau j'étais seul, devant l'immensité.

L'absolu est fait pour être entraperçu, on ne peut y demeurer. Il donne aux hommes la perception de leur juste dimension et la nécessité de ne point se placer au centre du temps, mais il leur ôte le sel de leur vie, leur précarité. Sans elle, ils n'inventeraient pas de légendes, ils ne voyageraient pas. Ils n'auraient point besoin de salut. L'absolu est accompli, il n'a besoin de rien. Or l'homme qui n'espère rien n'est pas en devenir. Il ne connaît pas l'amour, ni le désir. J'étais un fils du désir, j'étais vivant grâce à cela. J'étais fait de légendes et de voyages. J'avais encore beaucoup à connaître, mais je n'avais plus besoin de m'accrocher aux mythes de mon enfance. La vérité m'avait libéré de mon tuteur. Je laissai là les voiles dont j'avais couvert celui que j'étais. Pour la première fois, je n'avais plus envie de fuir.

« Mais où se déversent les flots de tout ce qu'il y a de grand et de sublime dans l'homme ? N'y a-t-il pas pour ces torrents un océan ? – Sois cet océan : il y en aura un. »

Nietzsche

— Dieu est un océan, dont nous n'avons reçu que quelques gouttes, me dit l'abbé tandis que nous nous retrouvions avant le coucher du soleil, à notre habitude.

Il portait un seau rempli de ciment ainsi qu'une truelle. Je le suivais en souriant, me demandant si nous n'étions pas, chacun, notre propre océan, dont l'Éternel est la goutte originelle.

— Rends-toi compte à quel point tout ce que tu vois devant toi est le fruit d'un équilibre fragile. Si l'océan se retire trop loin, la dune deviendra un désert. S'il monte trop haut, il recouvrira tout. Les lois de la création ont leur propre perfection. Une goutte d'eau apporte la vie, un torrent d'eau la détruit. Hélas, qui sait combien de temps le monastère résistera face à l'océan, si l'orgueil et l'avidité de l'homme videront les fonds marins de leur dernier poisson, ou si les eaux monteront jusqu'à nous ensevelir ?

Il se pencha sur l'une des murailles extérieures du monastère que les vagues avaient fissurées. L'eau s'était infiltrée jusque dans la bibliothèque. Armé de sa truelle, il disposait le mortier, cherchant à combler la veine craquelée, caressant la pierre avec amitié et tendresse.

Je n'avais jamais songé que dans un lieu dédié à l'Éternel, face à l'océan infini, les hommes étaient fragiles, pris en tenaille entre deux immensités qui leur survivraient. Quand il eut fini de boucher la fissure, il s'immobilisa, comme frappé par une insondable tristesse. Ma bouche n'osait lui manquer de respect, mes yeux le questionnaient fixement.

— Combien de générations après nous pourront encore voir et penser quelque chose, sur Terre, sans bornes perceptibles ? Sans clôture, sans orientation ? Le seul endroit encore insondé, que les hommes n'ont pas délimité, enfermé, mesuré et possédé est l'océan. Lui seul leur donne le sentiment d'infini et d'éternité nécessaire à la foi. Dès lors que ce dernier bastion sera tombé, qu'ils sauront mesurer et connaître la mer, comme la Terre ou l'espace, ils n'y verront plus aucune magie. La foi nous pousse à croire en ce que l'on ne voit pas, ce que ni nos sens ni notre esprit ne peuvent embrasser et contenir. C'est garder en soi la possibilité d'un océan infini. C'est normal d'avoir peur face à lui, de trembler face à ce qui nous dépasse, tu en as fait toi-même l'expérience. Bientôt ils couperont la tête de tout ce qui les dépasse, ils tailleront tout ce qui est grand pour le rendre à hauteur d'homme. Que restera-t-il d'eux quand ils n'auront plus rien d'immense vers quoi se tourner ? Que restera-t-il de l'homme s'il ne connaît plus la grâce ? Le quantifiable remplacera le merveilleux, alors ce sera la fin.

— Qu'y a-t-il à la fin de votre Livre sacré ? Comment finit l'histoire ? demandai-je à l'abbé, tenant le seau de mortier.

Il se gratta la tête avec sa truelle, se maculant les cheveux de ciment.

— À la fin du Livre vient le grand dévoilement. Les catastrophes frappent l'humanité, bêtes et flammes surgissent des méandres de la terre. Mais l'Éternel dit : « Je suis l'alpha et l'oméga, le commencement et la fin. Moi, je donnerai gratuitement à celui qui a soif l'eau de la source de vie. » Devant son trône, il y a comme une mer de verre qui a la transparence du cristal. Beaucoup la perçoivent comme la marque de la fin des temps, l'annihilation… Je la perçois plutôt comme une révélation. La mer agitée de l'humanité et de ses colères a enfin fait place à la mer de verre, celle de la réconciliation avec le grand Tout. J'y vois l'espoir de la paix et de l'harmonie.

J'attendis, le cœur battant, que le soleil couchant embrase l'océan. Puis vérifiant que personne, de près ou de loin, ne pouvait me voir, j'ôtai un à un mes vêtements. Les derniers rayons du jour venaient me réchauffer la peau, je rougis de timidité d'être ainsi exposé.

J'entrai dans l'eau, allant vers l'horizon, comme si je voulais atteindre le disque rougissant. J'avais envisagé l'océan comme cet autre à conquérir, à questionner, contre lequel lutter, j'avais cherché à obtenir quelque chose de lui, un savoir, une consolation. Désormais, je voulais simplement écouter battre son cœur. Lorsque je n'eus plus pied, je cessai mes mouvements de bras et de jambes pour me maintenir à la surface.

Je venais de quitter la terre et avec elle le souvenir de la gravité. Le visage vers le ciel, les oreilles baignant dans l'eau, j'entendais la rumeur des courants, la musique du monde aquatique, et je me laissais dériver en parfaite flottaison. Je ne faisais plus d'effort pour être ou me tenir, la surface de l'eau me soutenait comme si je reposais sur la plus moelleuse des couches. Un à un, je relâchais chacun de mes membres, de mes muscles, de mes articulations. L'océan m'avait pris dans ses bras, j'étais en sécurité.

Mon cœur lui aussi sembla plus léger. Il n'y avait plus de passé, pas encore d'avenir, je n'étais plus inquiet. Ce qui avait été était, ce qui devrait être serait, la prochaine vague l'apporterait. Je fermai les yeux pour profiter de l'instant. Je ne luttais plus, je n'agissais plus. Je lâchais prise avec le monde. L'eau avait rendu mon corps léger, il volait à sa surface. La simplicité et la légèreté de ce mouvement remplaçaient la difficulté et la lourdeur qui jusqu'alors m'avaient accompagné et entravé.

Mon action, mon vouloir et mon intention, mon corps, mon esprit et mon cœur étaient en paix au même endroit, à l'écoute de l'océan. Je ne craignais plus rien, j'étais en harmonie avec le mouvement de la nature et de la voie. J'étais en euphonie avec le lâcher-prise taoïste, Wu Wei.

J'avais abandonné ce qui me retenait, ce qui empêchait mes mouvements, mes inquiétudes, mes jugements. Mon moi périssable s'était dissous dans l'océan pour laisser place à ce que j'étais réellement.

À présent qu'elles étaient libérées de leurs tensions, chacune des parties de mon corps existait d'une manière nouvelle. Vulnérable comme à l'origine, j'avais confié mon sort aux eaux éternelles.

Je souriais. Les derniers rayons de lumière ondulaient sur l'eau comme autant de bougies prises dans le vent. C'était la première fois depuis tant d'années que ma mère ne me manquait pas. Non pas que je l'eusse oubliée. Son souvenir, celui de son regard, de son odeur, était encore vif en mon esprit. Mais pour la première fois, elle était proche de moi.

Dans les bras de l'océan, je n'étais pas encore né, je n'avais point été exposé au froid, à la solitude, à la souffrance ni à la peine. L'abandon fondateur de la séparation n'avait point eu lieu. La vie est apparue dans l'eau, avant de s'aventurer sur terre. J'avais retrouvé les eaux originelles, celles dans lesquelles nous grandissons et prenons vie avant de rejoindre l'air, la terre, les hommes.

J'étais né homme et mon éducation m'avait toujours persuadé de la prévalence de mon sexe. Jamais je n'aurais les pieds bandés, ni ne dépendrais d'un père ou d'un mari, je serais penseur, médecin ou guerrier si ma volonté le souhaitait. Jamais je n'avais songé que les femmes possèdent un océan intérieur infini dans lequel se cache le miracle de la vie. Il n'y a que la mer intérieure d'une femme et son amour en gestation qui puissent créer un tel miracle. Il n'y a que dans la mer originelle d'une femme que nous sommes en sécurité. Aucun homme n'aura jamais soif auprès d'une femme. Elles sont les gardiennes des eaux. J'étais retourné à l'origine, là où je n'avais plus rien à craindre. Soudain le vide, le manque et mes aspirations futiles disparurent.

Ma mère, je comprends à présent ton sacrifice, ta puissance inégalée.

L'océan m'avait pris dans ses bras et c'était la féminité elle-même qui prenait soin de moi. Ma mère était l'eau.

Celle qui contourne tous les obstacles, sans heurt, sans friction. L'eau ne reste pas sur les montagnes ni la vengeance sur un grand cœur. Elle abreuve la terre afin de permettre la naissance de la vie. L'eau est l'élément le plus libre de la création, on ne saurait la tenir dans ses mains ni se l'approprier sans la limiter. La perfection est comme l'eau, qui, bonne à tous, ne s'oppose à rien.

Il n'y avait plus de masculin ni de féminin, j'étais au cœur de l'Un. Le yin et le yang étaient réunis dans l'océan. L'homme est comme un roc et la femme comme l'eau. L'énergie féminine ondule et nage avec la vie, elle ne lutte pas contre elle. L'homme depuis toujours part faire de grands voyages et navigue sur les flots en destination de lointains rivages ; la femme est la source intérieure, elle est l'eau et le rivage.

L'eau donne la vie au monde, sans discrimination. Moi-même, j'étais le fils de l'océan. Comme la vague n'a ni naissance ni mort, j'étais retourné à l'origine. Les hommes n'appartiennent pas à la poussière, ils ne retournent pas à la poussière. Ils appartiennent à la mer et ils retournent à la mer.

Le mouvement de l'océan est une invitation à laisser la raison de côté pour découvrir l'harmonie de l'origine, la féminité que nous avions abandonnée, les aspirations de notre cœur que nous n'osions formuler. Jamais je ne serai capable de saisir tout le mystère de l'océan, c'est là toute sa force et sa beauté. Il était la porte de la vie et je ne pouvais que me tenir debout, lui faire face, et respirer au même rythme que lui. La vie est de l'eau dansant sur la mélodie de l'océan.

Quelque chose dans l'air avait changé. L'océan avait quitté ses couleurs d'automne, l'hiver, de nouveau, s'annonçait. Au fil des ans, j'ai appris à connaître le moindre de ses changements. Il s'opacifiait, masquant ses entrailles aux éléments, puis se faisait translucide à la faveur des mois les plus longs. Son bleu n'était jamais le même ; chaque jour, chaque saison possédait sa propre carnation, sa propre humeur. Et à ses variations, je comprenais que c'était mon être qui changeait. L'océan en était le puissant révélateur, la *camera obscura*. Ses colères et ses apaisements m'avaient fait toucher des émotions que je ne savais pas humaines. Ses vagues aux forces contraires m'avaient fait goûter au sel de mes pensées. L'océan, avec sa rumeur et ses claquements, avait fait résonner des endroits dans mon cœur que je ne connaissais pas.

La vie humaine a elle aussi ses saisons. Tandis que nous voudrions toujours vivre au printemps, les hommes ont leurs vagues et leurs lames de fond. Ils s'emportent en surface et paraissent violents, dépassés par leur propre force. Ils ne supportent guère la solitude des grandes marées très longtemps et viennent chercher sur le rivage quelqu'un à emporter au large.

J'avais eu peur des vagues, j'avais voulu m'opposer aux marées pour mieux dominer l'océan et ne point perdre le contrôle de ma destinée. J'avais manqué de me noyer, il m'avait recraché. Puis j'avais appris. À me laisser traverser par son courant. À ne point craindre la vague qui me fait face. À ne pas chercher à la fuir ni lui résister par la force, mais à plonger en son cœur pour la traverser. À me laisser flotter, à faire confiance aux éléments. À ne point craindre ce que je ne voyais pas sous la surface. À croire que malgré la houle qui m'assaille, à l'horizon, l'océan est toujours calme et serein. À remercier la vague qui porte en elle une énergie nouvelle. À développer la patience d'attendre une mer favorable. À respecter les forces plus grandes que moi, qui ont la bonté de m'inclure dans leur infini mouvement. À savoir que tant que l'océan m'entourait je n'étais jamais seul, qu'il était le gardien de la vie, des vies, de celles qui furent et de celles qui viendront. Que, sur le sable, la trace de mes pas ne durerait point, lavée par l'onde prochaine. Mais que le sable et l'onde, eux, demeureraient pour l'éternité.

Celui qui veut supprimer les remous, le clapot, les vagues et les marées ne fait pas partie du grand mouvement de l'océan, il tient un bocal d'eau inerte entre les mains. Les hommes ainsi faits finissent prisonnier de leur propre bocal qu'aucun courant ne viendra briser pour les en délivrer.

Incessamment, j'étais resté aux côtés de l'océan. Je l'avais veillé, j'avais été son gardien, son palefrenier, contre vents et marées. J'avais fait le tour du monde, sans quitter cette plage où je restais immobile des jours durant. Car l'océan fait le tour de la Terre et dispense sa bonté à tous les hommes de la même manière. Leur peau, leurs yeux peuvent changer, mais cela n'est qu'une vague de surface car, au fond, sous les courants de l'agitation visible, les hommes sont les mêmes partout.

L'océan ne réconcilie point les opposés, il est celui qui supprime l'opposition, car il est l'unité première. Il dépasse le masculin et le féminin, il est l'énergie de vie. La tristesse et la joie n'y sont que le flux et le reflux d'un même mouvement.

Tout n'est que passager dans l'océan, car lui-même est éternel. L'océan est. Tout le monde peut entendre le bruit de l'océan mais seuls les êtres sensibles le comprennent. Et celui qui comprend sa nature comprend toute chose sur Terre.

Sept ans avaient passé. Tant de jours et si peu d'années ! C'était le temps qu'il m'avait fallu pour me sentir en unité avec ce qui était plus grand que moi, avoir ce sentiment océanique d'union indissoluble avec le grand Tout. Il m'avait fallu sept années pour faire le tour de la Terre, assis face à la mer.

Je ne manquais plus de rien ni de personne, je ne tombais plus. Je regardai le monastère, trônant sur son rocher. Je n'avais plus besoin de lui non plus. Pourquoi des temples de pierre quand l'expérience de l'Éternel a lieu face aux vagues déferlant depuis l'horizon ? La foi est un sentiment océanique spontané, l'infini une sensation à éprouver. L'océan est la cathédrale de Dieu.

Soudain l'océan sembla s'arrêter de bouger. Sa surface se solidifia et se mit à scintiller comme du cristal. La mer était plus pure que jamais, on aurait dit une mer de verre. Elle irradiait toutes les couleurs, vert, jaune, rose, rouge, la couleur de toutes les pierres précieuses de la création ! Quelle vision éblouissante ! Tout était d'une transparence cristalline. Je songeai aux mots de l'abbé, l'océan venait de me parler. Il m'avait révélé ce que j'étais venu chercher.

Entre la nature et ses créatures, entre la vie et chacun des vivants, entre l'esprit et chacun des pensants, entre l'océan et chacune de ses vagues, l'eau et chacune de ses gouttes, il existe une alliance sacrée visant leur accomplissement réciproque. Pourquoi se déchirer, lorsqu'on a la même origine et la même destination ?

Longtemps j'avais scruté l'océan l'esprit plein de questions ; or il n'était pas la réponse mais la fin du questionnement. Il avait suffi que je me taise pour qu'il se mette enfin à parler. Il était la réponse originelle.

J'avais durant sept années attendu qu'il me parle de sa propre voix, tandis qu'il parlait à travers moi. J'étais depuis toujours, sans le savoir, une partie de lui.

Le temps était venu de retourner là d'où je venais. Je ne parvenais pas encore à m'arracher à l'océan. Je ressentais à son endroit un sentiment semblable à celui que je nourrissais pour ma mère et, pour la première fois, j'osai le formuler : l'amour. Pur, fort et contrarié, qui ne rêve que de quitter ce parent qui nous retient mais qui, une fois libéré de son regard, ne rêve toute sa vie que de retrouver son sein.

Je regardai une dernière fois la mer, puis je tournai les talons sur le sable qui roula sous mes pieds et commençai l'ascension de la dune. Déjà, derrière moi, la marée effaçait mes pas. Personne ne saurait jamais que, sur ce coin de plage de la Manche, un jeune moine taoïste venu de Chine sur un porte-conteneurs chargé de kiwis avait vécu tant d'aventures.

Une pensée habitait mes derniers pas sur la grève : retrouverais-je la piste du pic du Cheval blanc ou une dense forêt en aurait-elle recouvert le chemin ? Au fil du temps, le monastère avait disparu de ma mémoire, recouvert de lianes et de feuillages qui en obstruaient le passage. Celui qui avait cru en moi, le Maître céleste, serait-il encore en vie à mon retour ? M'avait-il attendu, m'avait-il oublié, ou avait-il été emporté par la grande marée ?

La vie est ainsi faite qu'elle refuse de nous envoyer ceux que nous attendons, et choisit de mettre sur notre route ceux dont, sans le savoir, nous avons besoin. Aux âmes esseulées elle donne le plus inestimable des présents, quelqu'un pour les écouter.

Jamais plus je ne revis la fille aux cheveux blonds. Avait-elle seulement existé, ou n'avait-elle été qu'un songe, une vision que mon esprit avait produite pour me rassurer ? J'étais incapable de retrouver sa maison. Je marchai sur la dune jusqu'au promontoire et trouvai là une vieille paire de chaussures lavée par les marées. Une partie de la semelle était décollée et un bout du cuir était enfoncé. Je fus pris d'une émotion immense devant ces souliers abîmés, qui firent remonter en moi le souvenir de leur propriétaire. Je décidai de les emporter avec moi et les entourai d'un vêtement comme le plus précieux des talismans, avant de refermer mon bagage avec l'intention de les restaurer pour leur rendre leur beauté.

L'abbé entra dans ma cellule pour me donner le billet d'avion, posa les yeux sur moi en me disant : « Fils, va en paix. » Je sentis dans son regard un profond respect et la tristesse de me voir partir. Je n'étais plus perdu au milieu des hommes, j'étais un fils. Mais je n'étais pas le fils de l'Homme, j'étais le fils de l'Océan.

Les moines français, dans leur grande générosité, s'étaient cotisés pour m'acheter un billet d'avion afin que je pusse rentrer en Chine sans reprendre la mer. Je tenais à présent l'océan en si grand respect que je n'aurais pu embarquer à nouveau sur un cargo de marchandise et l'utiliser comme un simple moyen de transport. Il était désormais à mes yeux une divinité.

Eux qui cherchaient Dieu dans les Écritures, et dont la parole s'incarnait à travers le Verbe, qu'avaient-ils perçu du sens de ma quête, à moi qui l'avais trouvé dans le murmure de l'océan ?

C'est à l'aéroport, devant l'hôtesse m'indiquant la direction de l'embarquement, que je repris réellement contact avec le temps. Il s'était, toutes ces années, suspendu à l'intérieur de moi. J'espérais secrètement qu'il n'aurait point passé, qu'il m'aurait attendu, mais il avait continué de filer. J'avais vécu sept ans niché dans un repli du temps. Mais sur le panneau d'affichage des embarquements, l'année était écrite devant moi, je n'en croyais pas mes yeux.

> « L'amour est un océan infini, – Dont les cieux ne sont qu'un flocon d'écume – Sache que ce sont les vagues de l'amour, – Qui font tourner la roue des cieux. »
>
> Djalâl-ud-Dîn Rûmî

La Chine, elle, n'était pas restée immobile. Ses nouveaux dirigeants avaient souhaité ouvrir le pays aux relations avec les autres puissances. Les terres étaient décollectivisées, l'industrie et le commerce avaient jailli des gisements de notre tradition. Sur les routes que je traversais, des usines avaient recouvert les champs dans lesquels ma mère travaillait.

Les montagnes de Hubei me manquaient, ses arbres et ses forêts. Le tronc des séquoias de

Chine me manquait aussi, leur écorce rugueuse, leurs feuilles râpeuses.

En entamant l'ascension du pic du Cheval blanc, il me sembla pourtant n'avoir quitté ses roches et leur odeur de mousse baignée par la rivière qu'un battement de cils plus tôt.

J'arrivai devant le temple des Cinq Immortels tandis que le gong appelant à la méditation du soir retentissait. La cour était immaculée, la toiture couverte des mêmes tuiles au vert éclatant. Les mêmes fissures lézardaient la terre rouge du bâtiment. Des lanternes entourées de papier en accordéon illuminaient le patio et dansaient dans le vent. J'avais vieilli mais le temple avait retrouvé la splendeur d'antan que je lui imaginais. Était-ce ma nostalgie qui aujourd'hui l'embellissait ?

De jeunes recrues aux joues aussi lisses qu'étaient les miennes alors et au regard déterminé s'entraînaient aux arts martiaux deux par deux, d'autres s'affairaient pour accomplir leurs corvées. Mon cœur battait, je cherchais sur tous les visages celui du Maître céleste. Une rafale de vent vint agiter les branches du séquoia de Chine à gauche de l'entrée de la cour. Le bruissement des feuilles chuchota à mon cœur de s'apaiser. Le dos reposant sur son tronc, il se tenait assis entre deux racines fendant la terre.

Son chignon avait à présent la couleur des grues de Mandchourie, un peu de blanc, beaucoup de gris. Ses paupières s'étaient affaissées, son visage s'était creusé, il paraissait fait du même bois que le tronc contre lequel il s'adossait. C'était comme s'il m'attendait, depuis toutes ces années. Je fus pris d'un remords immense de l'avoir abandonné. J'avais besoin qu'il pose ses yeux sur moi, qu'il me regarde avec fierté.

Ne pouvant plus longtemps contenir l'émotion qui m'emplissait, je me jetai au sol, cherchant ses bras. La tête basse, j'espérais simplement qu'il ne me repousserait point. Il posa sa main sur ma tête sans mot dire, et je sentis une onde puissante me traverser.

Soudain, je ne savais plus si j'avais entrepris ce voyage pour moi-même ou pour lui. Était-ce mon désir qui m'y avait poussé, ou le besoin de prouver au Maître céleste que moi, l'orphelin sans éducation, j'étais digne d'intérêt ? Peut-être n'avais-je voulu devenir quelqu'un que parce que je craignais de n'être personne.

— Maître, lui dis-je, pardonnez-moi d'avoir été si long. Il a fallu que je m'égare pour me trouver.

Je séchai mes larmes avec la manche de ma tunique.

— Ce n'est pas le temps qui fut trop long, mais ma vie qui fut trop courte, me répondit-il en coupant une feuille de l'arbre et me la tendant, pour que j'essuie mon visage trempé par la peur de son rejet. Un seul printemps dans l'année, une seule jeunesse dans une vie.

— Vous avez dû penser que j'avais refusé vos bontés, comment puis-je me faire pardonner ? me lamentai-je, le front posé sur ses mains en signe d'obéissance.

— Je savais que tu reviendrais, me rassura-t-il. L'homme n'est pas le seul fruit de l'éducation de ses parents. Il est un arbre qui se nourrit de la terre sur laquelle il s'enracine. Le terreau sur lequel il pousse oriente son caractère, les éléments qui l'entourent façonnent son visage et son esprit. Ainsi les hommes des montagnes ont le visage fermé de la roche. Ils méprisent les bassesses. Leur regard porte loin. Ils sont comme l'aigle qui cherche la solitude pour faire son nid et dont on n'entend jamais le cri. L'aigle peut voler à travers les vastes contrées, mais toujours il retrouve le chemin de sa nichée. Ceux des villes sont comme les fourmis. Ils œuvrent sans cesse, toujours en mouvement, courant pour leur pitance, servant une reine dont ils assurent la subsistance. Ils se pensent libres de leurs gestes quand une coulée de boue suffit à les ensevelir.

Ils se pensent importants, ne comprenant pas qu'ils le sont sûrement, à hauteur de fourmi, mais que l'aigle les domine.

— Oh Maître, j'aimerais vous parler des hommes de l'océan, lui dis-je avec enthousiasme, trop pressé de partager avec lui le récit de mon aventure. Ceux-là savent ce qu'est l'humilité face à ce qui les dépasse, ils apprennent par l'observation à respecter ce qui est plus grand qu'eux. Ils savent que ni la tempête ni le beau temps ne durent toujours. Ils connaissent leur finitude grâce à la puissance infinie de l'océan. Ils tempèrent leurs instincts et ne se gonflent pas d'orgueil face à celui qui les accueille.

Le Maître m'observa dans la pénombre. Ses yeux étaient brillants comme deux lanternes que rien ne venait troubler. Je m'en voulais d'être si pressant, mais la nuit tombait et mon désir de parler était grand. Nous nous assîmes à l'intérieur, il fit servir du thé. La Lune s'était levée. Entière et ronde, elle semblait si près de nous qu'elle inondait nos visages de sa clarté.

— Maître, permettez-moi à présent de devenir votre disciple. Je ferai ce qu'il faut pour me montrer digne du Tao.

Le Maître céleste regarda le ciel longuement, puis prit une profonde inspiration.

— Connais-tu la légende des singes qui voulaient décrocher la Lune ?

Je lui fis signe que non.

— Une tribu de singes avait décidé de subtiliser la Lune pour se l'approprier. Après avoir grimpé les uns sur les autres, tendant et étirant leurs pattes autant qu'ils pouvaient, les singes essayèrent d'attraper l'astre brillant. Mais ils se rendirent rapidement compte que, bien que tenant en échelle les uns sur le dos des autres, jamais ils ne pourraient l'atteindre. La Lune trônait bien trop haut dans le ciel. C'est alors que l'un d'entre eux, voyant son reflet scintiller au fond d'un puits, persuada la tribu de capturer la Lune à la surface de l'eau. Alors le plus malin se pencha au-dessus du puits et tenta de la saisir à pleines mains. La Lune disparut, avant de réapparaître un moment après. Le plus agile d'entre eux prit sa suite, pensant la surprendre. Il plongea ses pattes dans l'eau avec une extrême rapidité mais rien n'y fit, la Lune sans cesse se dérobait. Certains d'entre nous, face à l'inatteignable, se contentent de poursuivre son reflet, pensant se saisir de l'objet véritable de leur souhait.

C'est un voyage risqué que tu as fait. Il t'a fallu du courage, je le reconnais. La jeunesse, hélas, confond souvent le voyage avec la fuite, la liberté avec l'opposition. Je ne peux t'accepter comme disciple sans avoir entendu ton récit. J'avais, tu te souviens, émis une condition à ton départ : tu ne reviendrais pas avant que l'océan t'ait parlé. Tu ne pourras être mon élève si tu n'as entendu de lui qu'un simple écho. As-tu atteint la Lune ou as-tu été aveuglé par son reflet au fond de l'eau ?

Saurais-je retranscrire par les mots ce que j'avais vu, ce que j'avais ressenti ? Soudain la langue que je connaissais depuis l'enfance me semblait trop étroite pour parler. L'intensité de mon expérience la transcendait.

— Maître, il y a sept ans que je n'ai pas conversé en chinois, si bien que je ne connais même plus le son de ma voix. Pardonnez-moi si je cherche mes mots, si mes tournures sont brouillées. Mais en vérité, les mots désormais me sont superflus. J'ai appris une langue spéciale dont seul j'ai la clé, un langage fait de vagues et de marées, qui sans un mot dit tout de l'humanité. J'ai été le fils de ma mère et l'orphelin de mon père dans ma langue natale. Je suis devenu homme dans une autre qui m'a été apprise par l'océan. J'ai frappé à la porte de cette langue jusqu'à ce qu'elle me laisse entrer, je me suis invité à sa table comme un étranger, et suis devenu un hôte si régulier qu'elle m'a recueilli. Cette langue, je l'ai babillée jusqu'à la faire mienne. Si bien qu'à présent la langue humaine emprisonne mes idées et me laisse insatisfait. Je chercherai à traduire le contenu de mon âme du mieux que je peux, ne me jugez pas si mes pensées vous semblent décousues. J'ai avec moi le fil de la bonne volonté et l'aiguille de la patience pour les rapiécer. Maître, j'ai entendu le souffle du monde à travers le chahut de l'écume. J'ai vu dans le mouvement de l'océan que les opposés existent dans la nature comme ils existent en l'homme. Le jour doit tout à la nuit, le froid rend la chaleur plus triomphante, la paix n'existe point sans la fureur. Ainsi l'on ne peut être que joie ou tristesse, derrière ces deux émotions ne se cache qu'une même réalité : le mouvement perpétuel de l'âme. J'ai appris à ne pas leur résister, à ne pas vouloir être le buffle mais la carpe qui ondule au milieu du courant des difficultés sans laisser les remous la perturber. À embrasser sans les juger les états de ma personnalité comme on accepte les vagues et les tempêtes, sachant qu'après viendront du large le calme et la clarté. J'ai appris que la vague ne naît ni ne meurt, elle est infinie, comme l'est la force de vie, et qu'au lieu de l'affronter il faut jouir de sa vitalité et se laisser prendre dans son joyeux courant. J'ai appris qu'il faut parfois quitter le rivage où l'on était en sécurité pour trouver son courage. J'ai appris que le monde a d'autres rythmes que le mien, que je ne suis le métronome de rien. Je suis une partie intégrante du ballet du monde, comme chaque goutte fait danser l'océan tout entier. J'ai appris à ne pas vouloir tout comprendre, à ne pas penser mais à sentir, à réunir en une seule volonté mon corps, mes sens et mon esprit, à les confier à la nature et à me laisser flotter. J'ai appris à être sans forme, à laisser libres mes eaux intérieures. À devenir l'écume qui mousse, la vague qui éclabousse, le sable qui se laisse transporter, le grain qui roule à chaque marée. L'eau peut couler doucement ou s'abattre comme une lame, elle est la plus fragile et la plus forte qui soit, tout dépend de l'intention qui l'anime. Elle n'a pas besoin de hurler ni de menacer, rien ne l'arrête, ni le mur ni le rocher. J'ai vu dans les couleurs de l'océan tous les sentiments humains et j'ai compris que les hommes, quelle que soit leur teinte, sont les mêmes partout, ni bons ni mauvais, simplement traversés par des courants contraires et agités.

La Lune, dans sa course, s'était postée derrière la fenêtre et ceignait la tête du Maître d'un halo rendant ses traits presque irréels.

— Ô Maître, j'ai encore tant à vous dire ! J'ai appris qu'on ne peut accuser l'océan de notre propre naufrage. Il est de notre responsabilité de trouver par nous-mêmes la force de regagner le rivage quand on s'en est trop éloigné. J'ai laissé s'écouler toute l'ire qui bouillonnait en moi, et j'ai confié à l'infini les blessures de mon passé et mon sentiment d'injustice. Peu importe ce que l'on a perdu, un nous, un tu, c'est toujours soi-même que l'on retrouve au fond de l'océan. Maître, conclus-je, vous m'aviez dit avant mon départ que si on veut le comprendre, le Tao existe, mais si on ne le cherche pas, alors il n'y a pas de Tao. Eh bien, si on veut le comprendre, l'océan existe, si on ne le cherche pas, alors il n'y a pas d'océan. Il n'y a que de l'eau. Chaque fleuve ne traverse un pays, un continent que pour rejoindre l'océan, comme si la Terre elle-même était un corps traversé de veines toutes dirigées vers son cœur battant. L'océan joint les régions les plus éloignées, il supprime les clivages, les jugements, il ne connaît pas les frontières. Le mensonge et l'hypocrisie n'existent pas face à l'océan. Le ciel lui-même plonge en lui, au-delà de l'horizon. L'océan unit toutes choses, il est le grand tout originel. Il ne sert à rien de labourer la mer de questions, l'océan guérit l'homme de ses tourments. La vue du reflet du soleil sur l'océan console de toutes les détresses. Son bleu est sans limites et il faut le prier sans cesse quand le ciel s'obscurcit au-dessus de nous. Ainsi, Maître, peu importe où je marcherai, je ne serai plus jamais seul ni divisé, jamais plus je ne me perdrai au milieu de la jungle de mes pensées, ni ne me noierai sous l'emprise de mes peurs. Car toujours je marcherai près de la mer, elle m'accompagne à chaque instant. Je suis devenu mon propre océan.

J'avais parlé avec passion une grande partie de la nuit sans m'en rendre compte, le jour se levait, j'avais la terrible impression de n'avoir révélé qu'une infime portion de ce que j'avais vu. Le Maître me regarda longuement, puis, secouant la tête, dit enfin :

— Je ne peux te prendre comme disciple auprès de moi.

— Maître, pourquoi ne voulez-vous pas de moi ? L'océan m'a parlé, je ne vous ai pas menti !

Il hochait la tête en silence. Mes émotions, mon énergie, furent aspirées dans un siphon. Je n'avais pas failli à ma parole, comment pouvait-il refuser de me prendre sous son aile ? M'étais-je trompé ? N'était-ce pas l'océan qui m'avait parlé, mais quelque esprit malin ?

— Ai-je été comme le singe qui pense attraper la Lune et ne se contente que de son reflet ? lui demandai-je, inquiet.

— Tu as regardé l'eau et tu y as vu la Lune. Tu as plongé sous la surface et, tout au fond, tu as décroché l'astre brillant.

Je ne comprenais pas son rejet. Comment pouvait-il me refuser, j'avais fait tout ce qu'il avait demandé !

— Maître, le suppliai-je, pardonnez-moi si je vous ai offensé. Je me rattraperai pour être digne de votre enseignement. J'entamerai la lecture des textes sacrés, je les apprendrai par cœur. Je pratiquerai les arts martiaux, renforcerai mes poings contre les briques s'il le faut.

De longues secondes passèrent dans l'immobilité, plus longues encore que les sept années que j'avais passées à méditer.

— Je ne peux te prendre comme disciple, parce que tu as déjà un Maître.

Rien de tout ce que j'avais vécu ne m'avait préparé à la surprise de ces mots.

— Oh non, je ne vous ai point remplacé ! J'ai traversé la terre pour vous retrouver.

— Tu as rencontré durant ton voyage un maître bien plus puissant, plus aguerri que je ne le serai jamais. Je suis arrivé à la fin de ma vie sans accéder par l'intuition aux vérités que tu viens de me révéler. Ce que j'ai mis une vie à lire, à professer, l'océan te l'a enseigné par son souffle.

Les mots m'avaient déserté. Toutes ces années durant lesquelles je cherchais le sens de ma vie, j'avais souffert de solitude et je me pensais abandonné. Sans que j'y prête attention, l'océan que je harassais de questions n'avait jamais quitté mon flanc. Il avait reçu mes larmes et mes égarements. Il m'avait accueilli, avait écouté mes colères et mes cris, bercé mes rêveries. Il m'avait veillé, consolé, enseigné ce qu'aucun père ne m'avait montré : se tenir droit, être debout, être humble, savoir résister, tomber, regarder plus loin que le bout de son nombril ou de ses pieds, croire en la force de l'énergie. J'étais venu au monde avant de le connaître, mais il m'avait fait naître à la vie véritable. Celle où l'on ne se contente plus d'être au jour le jour, de faire, de survivre, d'utiliser son corps comme un outil, et son esprit comme un boulier, mais celle où chaque sensation est incarnée, celle où l'on vit pleinement, les yeux grands ouverts sur le visible et l'invisible. Il m'avait libéré du filtre qui me faisait croire que je regardais le monde, quand je ne faisais que me regarder moi, à travers lui.

— L'océan t'a dévoilé l'essence du Tao, reprit le Maître. Il ne relèverait que de mon orgueil de prétendre t'enseigner plus qu'il n'a fait. Tu souhaites que je t'enseigne, quand c'est toi qui me donnes une leçon. Les livres des sages sont une image de la vérité, ils ne la contiennent pas tout entière. La nature couronne de sa sagesse ceux qu'elle a élus.

Ayant fini de parler, le Maître s'inclina devant moi. Saisi par cette précieuse marque de respect, je l'observai en souriant. Le jour rosissait sur les montagnes. Qui n'a jamais vu l'aurore sur les cimes des monts Wudang ne sait pas ce que c'est que d'avoir le souffle coupé par la beauté. Le soleil couchant refermait le jour dans un éclatement de couleurs. Il y avait dans sa disparition derrière l'horizon un apaisement fait de rose et d'orangé pour guider les hommes vers le monde des songes. Mais il y a dans le lever du soleil des montagnes de Wudang comme une promesse teintée de rouge : celle de ne jamais s'éteindre et de triompher de la nuit, chaque matin.

Je voulais croire à l'ardeur de l'aube. Si j'étais moi-même un maître, comment cela se faisait-il, hélas, que je sois encore plein d'incertitudes et de timidité ?

— Ce qui distingue le Maître de l'ignorant n'est pas le savoir, me dit-il encore, mais bien la conscience de ses limites, la perplexité face à la complexité du monde et la bonté qu'il porte aux choses qu'il ne comprend pas. Le clair-obscur ne le dérange pas. Il sait vivre avec l'incertitude des autres, car il ne craint pas celle qui est au fond de lui.

Ses paroles étaient de miel et d'or. Comment pourrais-je me passer de lui ?

— J'ai encore tant à apprendre ! dis-je pour le retenir.

— Ce que tu dois savoir existe déjà à l'intérieur de toi. À l'état de graine. Arrose tes doutes et tes intuitions de la même eau pure, celle du bien et de la tempérance. Alors les vérités qui t'échappent encore fleuriront en toi.

— Oh Maître, comme j'aurais aimé que vous voyiez l'océan ! lui dis-je en souriant.

— Je l'ai vu à travers tes mots, tu as fait faire à un vieux sage le plus beau des voyages.

Je comprenais à son regard mi-clos que je ne pourrais rester auprès de lui.

— J'aurais eu avec toi un disciple exceptionnel. Ce n'est point la sagesse mais l'amour qui a fait de toi un Maître. Le plus fort et le plus déchirant de tous, celui auquel dès la naissance on sera arraché sans pouvoir s'y préparer, l'amour d'un fils pour sa mère. Tu m'as rappelé que moi aussi, j'avais ressenti cet amour, lorsque j'étais enfant. Et que j'avais oublié, depuis trop longtemps, comment on dit maman.

Sa voix ne semblait plus aussi imperturbable, et si j'avais osé le fixer plus longuement, j'aurais juré que son œil était baigné d'une larme de l'océan.

— Ainsi, pour honorer ce sentiment que les Maîtres ne doivent pas oublier, tu enseigneras aux disciples du sanctuaire d'Or.

Je jurerais avoir senti à cet instant la montagne trembler sous mes pieds. Le songe de ma mère allait se réaliser. Elle avait vu, avant de rejoindre le Grand Ciel de nos ancêtres, le sanctuaire d'Or, à l'intérieur de la salle principale duquel se trouvait une vague infinie déroulant sa magie. Ma joie était teintée de l'immense tristesse de laisser derrière moi le Maître pour rejoindre ma destinée sur la montagne d'en face.

— Je m'assiérai chaque matin et chaque soir sur le plus haut sommet, et je regarderai vers le temple des Cinq Immortels, pour vous voir.

— Tu n'as pas besoin de me voir pour sentir ma présence. Je serai l'une des graines à l'intérieur de toi. N'oublie pas un seul jour de m'arroser. Tu ne peux partir avant que je t'aie donné ton nom taoïste, me dit-il encore tandis que je traversais la cour, regardant une dernière fois le séquoia d'eau. Au revoir, Maître de l'Océan. Je fus honoré d'avoir participé à ton éducation. Ne crains pas pour moi, je vais aller retrouver moi aussi l'amour originel, et rejoindre le Grand Tout.

J'entamai l'ascension du pic du Pilier céleste et traversai la Cité rouge, entourée de sa longue muraille d'enceintes. Comme j'aurais voulu emmener le Maître avec moi, qu'il marche à mes côtés, entendre le son de sa voix ! Mais il en va ainsi du fil des générations, nous passons pour que d'autres poussent.

Les quatre portes de pierre sculptées s'ouvraient en direction des quatre points cardinaux. Je franchis les neuf volées de marches menant au sanctuaire d'Or, sur lesquelles reposaient les cadenas déposés par les fidèles dans l'espoir d'invoquer la chance. Des siècles de sagesse me contemplaient. Le toit de bronze incurvé étincelait comme les vagues étincelaient sous le soleil. Ses tuiles d'or aux angles relevés ornées de sculptures d'être immortels et d'animaux légendaires émergeaient des nuages. Devant moi, la porte rouge. Je n'avais plus qu'à la pousser pour devenir le Maître de l'Océan.

Je retardai l'instant décisif et l'immense responsabilité qui m'incombait. Pour quelques secondes volées au destin, j'étais encore un jeune garçon, libre de flâner et de s'adonner de tout son saoul à la contemplation. Alors je marchai jusqu'au bord de la montagne et m'assis au pied d'un arbre au feuillage fourni. J'en touchai le tronc épais, en flattai l'écorce, je m'amusai de la fourmi qui en sortit. Cet arbre était lui aussi un fils de l'océan. Les rivières et la pluie l'avaient fortifié, par le cycle de l'eau tout partait et tout revenait à l'océan. Enfant, quand j'observais les arbres des forêts près de la maison de mon grand-père, je me comparais toujours à la pauvre feuille balayée par le vent, tandis qu'à présent je savais que j'en étais le tronc. J'appuyai mon dos contre son bois et regardai vers la montagne en face, en direction du pic du Cheval blanc.

Alors s'éleva au-dessus du temple des Cinq Immortels une nuée avec un peu de gris, beaucoup de blanc, une forme dansante comme le vent. Rapide comme l'éclair, légère comme la plume, riche comme la terre, elle tournoya autour du grand séquoia, puis s'éleva au-dessus du monastère. Un frisson parcourut mon corps. Déjà elle n'était plus. L'énergie du monde me sembla transformée, avec une part manquante que je ne savais nommer. Le Maître céleste était parti.

J'appris peu après qu'il avait marché vers le bord de la montagne et s'était assis, face au Pic sacré. Il avait regardé en direction du sanctuaire d'Or, avait souri. Puis il avait fermé les yeux, avait ouvert les bras pour ressentir l'énergie et s'était envolé vers le ciel, comme Zhen Wu, le Véritable Guerrier.

Alors je fermai moi aussi les yeux et fis à nouveau le plus incroyable des songes, celui-là même que j'avais fait quelques années auparavant. Les paupières closes, je me trouvai soudain face à l'océan et je n'étais plus tout à fait moi, mais la fille à la chevelure blonde. J'habitais toujours la même ville côtière et je passais ma vie à observer la mer en ayant la sensation de la laisser filer sans rien en faire. J'étais la spectatrice d'une société frivole dans laquelle je ne trouvais guère ma place, à cause de mon esprit tourné vers l'absolu et de la pureté que je voyais chaque jour refluer vers l'horizon. Partout autour de moi, la division et la pensée duelle régnaient. Les êtres se classaient eux-mêmes sous des bannières, des catégories, des marques, des identités, craignant si fort que personne ne les écoute qu'ils ne cessaient de crier. Redoutant de n'être point aimés, ils faisaient tout pour se faire remarquer. Guidés tantôt par l'avidité, tantôt par le pragmatisme ou la lâcheté, ils déviaient irrémédiablement de leur essence originelle. Je voyais partout le triomphe de l'individu, la déchéance de l'amour vrai. Les constructions avaient recouvert l'océan originel, le bruit des hommes était partout. J'avais envie de partir, de tout quitter. Les villes et leurs fenêtres sur cour me donnaient l'impression d'une finitude remplie d'humains. Ma tolérance à tout ce qui limitait ma liberté s'était rétrécie comme une peau de chagrin sous l'effet des coups du sort, de l'âge ou d'une société devenant chaque jour un peu plus violente. J'étais seule, abandonnée sur une Terre trop grande pour moi. J'avais besoin de retrouver l'horizon, une simple ligne bleue, verte, rose ou orange suivant l'heure, immuable, éternelle. Je continuais à prier le bleu infini, rendant à l'océan tout ce qu'il m'avait donné, à cette mer qui avait bercé l'enfant orpheline que j'étais. Avec lequel j'avais pris mon goûter en sortant de l'école, oubliant les remontrances de la maîtresse parce que j'avais encore le nez collé à la fenêtre. Face auquel, adolescente, j'avais fumé ma première cigarette, rêvant d'un ailleurs que je n'avais pas encore le droit de visiter et que je ne pouvais me payer. Où j'avais embrassé pour la première fois, dégusté des lèvres à peine écloses. Où j'étais venue sécher les larmes des chagrins inévitables et y maudire celui qui n'avait pas voulu de moi. Où j'avais rêvé d'un amour plus grand, de succès enivrants. Où j'avais laissé couler la peine de la perte des miens, en espérant que la marée m'apporte de nouveaux êtres à aimer. Dans lequel je jetais chaque nouvelle année de petits bouts de papiers griffonnés de mes espérances, et un bouquet de roses à chaque fête des mères, espérant que là-bas, tout au bout de l'océan, celle auquel il était destiné le cueillerait. Je restais à l'observer, me demandant pourquoi les hommes ne voyaient pas que celui qui nous avait donné la vie nous l'ôterait peut-être un jour, recouvrirait nos villes et nos vanités, si nous ne savions pas l'écouter. J'étais parfois rejointe par d'autres rêveurs diurnes qui, comme moi, refusaient de se compromettre et de baisser pavillon face aux tempêtes, dansant sous la pluie, songeant à mille conquêtes. Combien d'hommes, habitant des cités que l'eau a désertées, ignorent tout du Grand Océan qui vit à l'intérieur d'eux ? Sans qu'ils le voient, il est en chacun d'eux, les maintient en vie et les relie immanquablement les uns aux autres, particules d'un même océan, d'une même terre. Peut-être ne venons-nous pas de la poussière ni n'y retournons. J'aime à penser que nous venons du Grand Océan, et que, comme autant de gouttes, nous retournons à lui.

Soudain je me réveillai. Alors je me demandai si j'étais un moine chinois qui rêve qu'il est une femme, ou une femme qui rêve qu'elle est un moine taoïste. Peut-être étais-je un simple moine n'ayant jamais vu l'océan, ou une simple femme à la chevelure blonde n'ayant jamais vu la Chine ni les montagnes de Wudang.

Celui que j'étais ne comptait pas tant que cela. Le Maître céleste et l'océan, dans ma mémoire, ne faisaient plus qu'un. Il m'avait donné ce qu'un être humain peut donner de plus précieux à un autre, il m'avait montré le chemin sur lequel je devais marcher pour trouver mon destin. Je savais à présent que l'océan ne parle qu'à ceux qui savent se taire et qu'il n'est pas besoin d'aller au bout de la Terre pour écouter la sagesse du monde. Le sentiment océanique est la cathédrale de notre cœur. Et une seule goutte d'amour peut guérir un océan de solitude.

Cet ouvrage a été mis en pages par

<pixellence>

CET OUVRAGE
A ÉTÉ ACHEVÉ D'IMPRIMER
SUR ROTO-PAGE
PAR L'IMPRIMERIE FLOCH
À MAYENNE EN FÉVRIER 2022

N° d'édition : L.01ELIN000571.N001. N° d'impression : 99932
Dépôt légal : mars 2022
Imprimé en France